熱砂螺旋 2

艾梟 Hilliard Law ◎著

序幕

潔絲卡動也不敢動，小手緊緊抓住自己黝黑的雙臂。

她聽得出樓下那群人偶爾會爭執，卻不知道他們在吵什麼。自從他們砸開大門以來，叔叔被提到的次數就越來越少。有兩三個人的聲音特別大，而潔絲卡的房間在二樓走廊盡頭，因此也只是隱約聽到「幫忙拆一下！」「快點！快點！」和幾聲得到戰利品時的興奮呼喊，翻箱倒篋的聲音在四面八方迴盪著。恐懼與無助正漸漸浸染潔絲卡的血液。

他們和過去來訪的客人很不一樣。每隔幾個月，加爾雷叔叔都會邀請很多同事和上司來家裡，自己總得換上最漂亮的衣服去招呼他們，背誦叔叔給她的台詞；這樣，他們就會送一些小禮物，誇讚自己怎麼堅強。誰都不會像這群凶神惡煞的傢伙。她想起廚娘萊娣的警告：這裡越來越危險了，妳也早點離開吧！

她閉上眼睛，想起十分鐘前槍聲響起的一刻。

那時，潔絲卡已經在窗戶邊縫偷看，軍警的喝問聲讓她驚醒過來。一眼望去，正門外差不多有二十個男人，大部分赤裸著上身，少數穿著有顏色的短袖圓領汗衫，在夜色和黑實的軀幹上尤其鮮艷。兩名軍警中的其中一個已經向天鳴槍，另一個則用手槍來回威嚇人牆，活像用火把驅趕野獸。但那群人反而圍了過來，激動地叫喊。

「叫加爾雷出來！」潔絲卡總算聽清楚了其中一句叫喊，叔叔？軍警回喊過去，應該是告訴他們屋主已經出門了，但現場的談話聲卻變得更混亂，其中一個人對房子比了幾下。僵持了好一會後，向天鳴槍的那個軍警打開了大門，然後拉著同伴一起進了屋子，關門的聲音很大，連潔絲卡也聽得出他們的慌亂。

我應該早一點行動的。潔絲卡在猶豫的過程中，已經失去了所有機會。她才剛跑到樓梯口，下方就傳來幾下刺耳的撬門聲，接著混亂就如火焰般湧入大屋，各種雜亂的聲響突然大增幾倍。潔絲卡甚至不記得如何回到自己的房間。回過神來，才發現她的背靠著房門發抖……

樓下好像摔破了什麼東西，隨後的咒罵聲把潔絲卡拉回現實。

序幕

沒時間恍神了，她用力咬著拇指，鹹鹹的淚水同時滲進口腔。得在他們上來前想個辦法。聰明的女孩，她父親過去常常這樣說，但現在她卻一點辦法也沒有。她望向窗戶，想著把它打破，不行，沒有立足點可以爬下二樓。躲在床底下，不行，他們一定會看有沒有東西藏在下面……

不行，不行，不行！

潔絲卡眼睛狂亂地掃視四周，已經完全無法冷靜思考了，全世界只剩下不行和缺氧般的暈眩感。

吵鬧聲開始蔓延到二樓的梯間。「看有沒有電器！」，「拿這幹什麼？蠢蛋！」伴隨著一群混亂的回應與腳步聲。門縫閃動著一些白光。

一個又一個房間被劫掠，她感覺就像夢魘怪物在倒數時間。暴徒搜過三個房間之後，旁邊的書房也開始發出乒乒乓乓的恐怖聲響。潔絲卡嚇得不敢呼吸。

救救我，誰都好，救救我。她整個人好像只有視覺還在運作，腦海只剩下周遭畫面在空轉著。潔絲卡再用力咬拇指，**救救自己，笨蛋。**她的眼光落到衣櫥上面。

她記得在劇集中，人們躲在衣櫥裡面都會聽到壞人的陰謀，而且不會被發現。於是她也不管行不行了，趕快衝向衣櫥。衣櫥在房間的另一邊，因此她跨爬過床，暗自希望還來得及。剛要碰到衣櫥手把，潔絲卡的腳趾受到一股拉扯力，然後整個人倒在衣櫥旁邊的書架上，發出「磅！」的一聲巨響。

我要被發現了。潔絲卡整個人比石頭還硬，茫然瞪視著剛剛絆倒自己的床單。

「別砸東西！拿不完的等等再來搬！」另外一個房間傳來呼叫。

在電光火石間，潔絲卡閃過一個瘋狂的念頭。

她把旁邊書桌上所有東西掃落地上，打開幾個視線內的抽屜，然後咬一咬牙跑去打開房門。潔絲卡看到走廊上來回晃動的光柱，然後強迫自己在恐懼中完成計劃。

在心臟要跳出來的幾秒內，不知哪來的氣力，她將書架向自己的方向拉倒，然後縮在它與床之間的間隙。當書架的巨影如高樓塌陷，潔絲卡一度以為自己會被壓住。幸好床沿頂住了上半部，而自己只是被埋在書堆裡。

在靜默中，「噫！」、「噫！」的氣喘聲令潔絲卡再度慌亂起來，她張口咬住一本書，慢慢深呼吸。書的封皮比想像中軟，過了一會她才意識到那是她的日記。最後，整個房間只充斥著自己急遽的心跳。

好痛。剛才撞到書架的瘀傷突然回到身上，潔絲卡默默讓自己感受那些皮膚下的鑽刺，讓自己有一個可以專注的地方。**別多想。別動。**

沒有多久，手電筒已照入房間，潔絲卡幾乎可以感覺到他們的視線。

「這裡拿過了。」一道聲音響起。

「難道我看不出來嗎？你這腦袋裝屎的。」她認出是剛才喊話的人。那人對著走廊大喊：「都搜完了！快到大廳集合！」

他們匆匆散去。只有一個身影還在站著。

「他媽的，真是好命。」那人自言自語，膠袋的沙沙聲在潔絲卡身後移動著。**計劃失敗了**。震驚中她突然有些暈眩；幸好，在她有所反應之前，那人拖著膠袋，離開了房間。

騷亂似乎持續了很久，聲響多到根本無法理出頭緒，而且剛剛的暈眩感持續增加，眼中影像左右晃動。**已經夠了**。潔絲卡無聲地哭了出來。她默默咬緊口中的日記，書頁間早被唾液浸蝕出一片水漬。她用全身的意志保持清醒，努力忽視四面八方的所有動靜。

突然間，潔絲卡意識到周圍一片寂靜。**他們已經走了**，可是又不敢確認，她再等了一會，確保自己沒有漏掉一絲聲響，才戰戰兢兢地從自己弄成的廢墟中爬出來。

房子看起來像褪了一層色。她慢慢走過各個房間，腹部則因為緊張過度而抽痛著。到叔叔的房間時，她看到窗戶破了，抽屜和雜物亂七八糟地翻倒在地，電視、電話和冷氣機被硬拆了下來。這幅畫面使潔絲卡產生一股陌生又不和諧的感覺，加劇了她的無助感。

暴徒們還會再來。屋子裡的陰影厚厚壓著潔絲卡，剛剛的記憶驀然攫住了她的呼吸。她終於忍受不了，也不去多想到底要拿些什麼，一股腦兒衝出大門，死命地往山下跑。

冷風灌滿了她的肺部，把她所不理解的事拋在身後——像剛才的一切混亂，像**軍警跑到哪裡**？當她的小腳開始痠痛時，她停下來，發現連喉嚨自動將空氣抽進肺部的過程，也產生了炙燒的感覺，而小腿則尖叫著不願再走一步。潔絲卡不知道她是怎麼有辦法到達山下的諾斯德鎮。

一眼望去，小鎮在零落的燈火中安靜地蟄伏著。如果沒有今天的經歷，潔絲卡依舊會像過去十二年般親切地走在街道上。由於她遺傳了母親的深色皮膚，當中的居民常常把她誤認為土生土長的尼希諾蘭人，多學了一點尼希諾蘭語後，她比來自敘利亞的叔叔更能融入這個地方。相反，當她跟爸爸走在一起的時候，偶爾會看到居民的反應變得奇怪：不是悄悄從頭巾下窺視他們，就是展現得特別熱情。但她從來沒有想過當中的居民會來破壞自己的家。

潔絲卡走在路上，街道上有兩三個疏落的人影，她只要一看到就會躲起來等他們走遠。走著走著，赤裸的腳踝已經傷痕累累。她從未試過在晚上出門，而路看起來跟白天完全不一樣，她已經在同一處十字路口繞了好幾次，每一邊都在否定著自己的記憶。就在舉棋不定時，又有一人經過，潔絲卡連忙閃進一個窄巷，縮成一團。

潔絲卡突然想起加爾雷叔叔。在兩天前，他跟一個軍人大叔在客廳密談，語調既急速又驚惶，他留意到步出客廳的自己，匆匆結束了談話。那時軍人從沙發站起身，拿起衣帽架上的外套，而叔叔離開前說道：「我去談一下事情，晚一點回來。妳乖乖看家喔。」

大門關上後，她隱約聽見他的最後一句話：「那我會先到研究所去，確保計畫順利。」

一去就是兩天，甚至連一通電話也不回。潔絲卡對此倒是司空見慣。不論是研究還是與政府的關係，潔絲卡對叔叔的事總是一無所知，而他亦不願意和她分享。自從爸爸死後，她第一次寄人籬下，所以不知道是否每個監護人都會這樣神秘兮兮的。加爾雷供給食衣住行，只要求一項回報：跟不同教授保持聯絡，打好關係，並告訴他們我怎樣把妳照顧好。

一切都是交易。

有時她會想，叔叔在防範著她。偶爾她會聽到他對話的片斷，包括討論要離開這個地方。但他從沒在她面前漏過口風，**這裡瀰漫著一層迷霧，就只有我不知道細節**。萊娣臨走前，在門階跟叔叔聊到續約問題。「到了新房子，如果還需要我的話……」她偷聽到。

這樣不是辦法。她睜開眼，發現自己竟然忘了報警，現在找到一個電話比什麼都重要。

她搜查自己的記憶，依稀記得在雜貨店旁就有一個電話亭。她像老鼠般溜回去，那條路比想像中和平，連流浪漢也沒抬頭望她一眼；不到五分鐘，潔絲卡就站在電話亭的蓋子之下。她戰戰兢兢地拿起電話，撥打求救號碼。

「報案中心。」電話響了好久，終於等到一個女人接聽，而她的情緒明顯不太好。

「救救我！我的家被搶了！」

「哪一區，什麼位置？」

「山上，也李馬街4號。一大群人！他們說還會再回來！」

「好吧！我會通知軍警。聽好了，妳找個親戚待到明天，我們會去調查這件事。」不再追問，聯絡員掛了電話。

她再次撥號，卻已變成「現在忙線中」的錄音。潔絲卡怔怔望著旁邊的「東比雜貨店」，還有它外牆上寫著反政府口號的塗鴉，不知道接下來要做什麼。於是她就在寂靜和夜色中等待著，而冷風一直侵蝕著她的皮膚，讓時間流逝得更加緩慢。不只是諾斯德鎮，整個尼希諾尼亞在非洲中算是日夜溫差很大的國家，她身上單薄的連衣裙一點風也擋不住，更遑論保暖禦寒。

潔絲卡從來沒有如此無助過。但是，在靜下來後，瑟縮於電話亭下漸漸沒有那麼糟糕，感覺就像安靜地沉沒在某座深潭之中。她想，**我不能睡**。

然後下一件事，就是她發現自己被搖醒了。

「小妹妹，快醒醒。」

潔絲卡虛弱地睜眼，天空仍是一片墨黑，眼前有著一個中年男子，穿著襯衫和背心外套。但在昏暗的環境下，潔絲卡無法辨識上頭的標誌。

「小妹妹，來，喝點東西。我們先去一個比較暖和的地方。」他沉聲說著，粗壯的手臂把保暖瓶遞了過來。

「你是誰？」

「信仰虔誠的人，能幫到你的人。來，我們去一個比較安全的地方。」

她醒悟到自己被當成孤兒。「有強盜闖進家裡，我已經報警了。」

「喔，真的嗎？」那人眼神游移，不自然地掃視四周：「我們沒時間了，妳已經被壞人盯上。快跟著我。」

數小時前感受到的恐懼一下子回到潔絲卡身上，她猛然望向街道，那裡寂靜地躺著三數個流浪漢，其中一人正望著她。

「是那人嗎？」潔絲卡縮後一點。

「他們都是，妳的頭巾在哪？」那人的語氣中，流露強烈斥責的意味。

「我逃出來的，沒有帶著。」

「當然了，我們別在這裡廢話了。」他幫助潔絲卡站起來，然後鉗住她瘦削的手臂前進。

「我們要去哪？」

「德肅的孤兒院。」

「不！我有個家，我叔叔……」她想到加爾雷的怪異行徑，聲音沉寂下來。

那人卻根本沒注意聽，只忙著觀望周邊的環境，然後在交錯的道路上穿梭，潔絲卡腳步不穩地被他拖拉。

「喝點咖啡。」他們轉入了一條更昏暗的巷子，那裡每道影子都拉得很長。那男人放開潔絲卡，再把手上的保溫瓶遞前。

「我說過了……」眼見那個陌生人越來越可疑，她退後一步：「我不是孤兒，我要走了。」

她轉身，第一個想法是有東西倒塌下來。書櫃，她還沒生出第二個念頭，就被一個巨大的麻布袋套著。

她尖叫，聲音在粗布間迴響，卻突然嗆了一下。下一秒，她才注意到麻布間散發著的異味。刺鼻中帶著一點酸臭，像腐爛的洋蔥。

在瞬間散去的意識中，她只隱約聽到了一句話。

「臉蛋是不錯了，應該還可以吧。」

依洛(1)

馬達坎城，布馬瑞卡，非洲。

「我看過這幾天你寫的專題報導了。尼希諾尼亞很棒吧？」主管羅德用浮誇的手勢展示著簡報上硝煙四起的定格畫面。

「靈感源源不絕。」**照片可是軍隊提供的，**依洛硬擠出微笑。**而我像戰犯般被看管著，都做不到什麼採訪。**相處一年，依洛知道先附和主管比較好，晚點再向他反映一路上的問題。

歐亞混血兒依洛是一個駐外記者，直長的棕色頭髮綑在腦後，精緻的臉常掛著微鎖的眉頭。這是他第四次到戰地作採訪。過去十多年，全球資金泛濫，許多轉戰到非洲的跨國企業已經在這裡打開一片市場，包括來到這個城市設立分部的帷天報社——直到內戰突然在鄰國尼希諾尼亞升溫、然後爆發，不少廠商擔心戰火會進一步蔓延開來，加上金融風暴再一次出現，外商紛紛將資金撤回。

這狀態就如復發的熱病，抽乾了整個布馬瑞卡的生命力，昔日的繁華像動物褪皮後的空殼：乏人問津的樓宇之間，僅剩一些霓虹燈在嘶啞地閃動；城市治安惡化速度驚人，街上長期飄散著油污與惡意。只是，仍有少許公司在不斷升溫的風險中堅守陣地，企圖獨占市場。

帷天報社則乘地利之便，挖掘了不少戰爭實況。三年過去，尼希諾尼亞的內戰仍然存在，但反抗軍「民族自決陣線」漸成強弩之末。這個消息對報社而言，不知到底是喜是憂。

羅德再瞄了一眼簡報的標題，說道：「專輯的初稿很不錯，題目『生與死的界線』……不錯，在這裡，兩者都很模糊。我建議你下星期到難民營之前，先去一趟醫院。除了打抗疫針外，那邊塞滿了尼希諾蘭難民的屍體，或許可以幫助你啟發靈感。」

他比了一比簡報上的血腥畫面，補充道：「你剛從前線回來，加上醫院就應該足夠寫『死』那部分了，其餘的你到難民營找找看，問些別人沒問過的事情。一星期內先弄個綱要出來。」

依洛心想這正是個機會，於是試探著說：「孤兒和被強暴者對女記者比較能敞開心扉。這部分如果由莫娜接手的話——」

羅德瞄了一下螢幕，道：「莫娜是我們下一批到前線採訪的記者。她應該沒空。」

「那我可以代替莫娜到前線採訪。這次軍隊的指揮官過於限制我們的活動，害我拍不到什麼好照片。」

「嚴格限制是件好事。內戰到現在已經有五個記者殉職，兩倍的人被綁票——人人都被嚇跑了，怪不得我們人手總是不夠。」羅德揚起一邊嘴角：「你還記得卡帕的那句老話吧：『如果你的照片拍得不夠好，那是因為你靠得不夠近』，而她已證明自己是個好記者。況且，你不但有自己的採訪小隊，也已經負責一個專輯了。」

依洛知道自己被誤會在與同事明爭暗鬥。的確，前線報導的經驗有利內部晉升，但打壓莫娜不是依洛所擔心的事情。莫娜有著狂熱的使命感，常以身犯險來證明女性有能力與男性並駕齊驅。照片拍得如何依洛不敢斷言，但他毫不懷疑她會靠多近。**其實也不能怪她，因為我自己也是一樣。但這個太危險了**。

依洛決定實話實說：「但在交戰的時候，軍隊根本沒有派人來保護我們，事後還沒收我們的照片。我們承擔了風險，卻得不到相應的報酬！我在想……如果……

我們減少跟著軍隊行動，改以一般記者身分前往尼希諾尼亞，搞不好反而能挖到什麼新聞。」

對於戰爭報導，《日內瓦公約》將記者們分為兩種：「一般新聞記者」和「戰地記者」。「一般新聞記者」屬於平民，可以到不同勢力的地區採訪；然而沒有軍方保護下，記者的人身安全往往暴露在重重危機中，採訪敏感議題時更容易被當成在進行間諜活動。相對地，「戰地記者」則有固定政治立場，被准許陪同軍隊行動，因而有機會拍攝戰爭畫面，代價則是活動範圍被限制，而且若軍隊潰敗，自己也將成為戰俘。

沒有答腔。依洛望向羅德，發現他露出這許多天來第一個嚴肅表情。

「關於你提到軍隊的情況，我會考慮向國際記者聯盟，還有保護記者委員會投訴。不過……」羅德站起來，從書架上拿下一本書，題為《避戰與備戰：一個好的戰地記者》。

「……《日內瓦公約》第一附加議定書第七十九條」，羅德找到他要的章節，指給依洛看：「『一般新聞記者享受本公約所規定的保護，但以其不採取任何對其作為平民的身分有不利影響的行動為限。』一般新聞記者可是手無寸鐵的。如果被叛軍抓走……我可損失不起更多人手了。」

依洛說：「如果是難民營附近呢？那裡有駐軍，應該會比較安全。」

羅德沉吟道：「你想要從那邊進入尼希諾尼亞？帕玲繯高原是有幾個村沒有被採訪過——嗯，好吧，我再考慮一下。」

「考慮一下」，一個好的開始，依洛想道。因此，連林寶兒挑好時機出現在走廊上，也沒有影響他的心情。依洛看著那已步入更年期的臉，每道歲月留下的刻痕都正在繃緊，表示它們主人的不滿，他準備不動聲色地走過去，可惜那老女人刻意阻擋了去路。

「依洛先生，前天拍攝的影片是你剪接的嗎？線上新聞部那邊很不滿意，他們說完全拍不到戰爭實況。」尖銳的聲線帶著指責，務求穿透薄薄的門板。

那些就是戰爭實況。當然在林寶兒面前，一切反駁只會讓她有藉口將小事化大。

「真的很抱歉，但軍方只容許攝製隊跟隨後方部隊，那是我們所能最貼近前線的地方了。而且在有限時間之內，我只有把攝影機錄的東西整理一下而已，並沒有做過多的刪減。」

「你們不會走近一點嗎？我看了那個片子，花一堆時間去拍行軍紮營，戰鬥場面又只有零零星星的槍擊，人影又小又模糊。我們是在拍三流的歷史紀錄片嗎？」

妳想怎樣，加點好萊塢電影的特效嗎？他發現在這個地方暗中嘆氣的次數成等比級數上升。

「我會再和攝影師討論這個問題。如果妳想改善我們的狀況，可以直接跟軍方反映。」依洛打算結束話題。

「那現在是線上新聞部沒事跑來投訴了？」她的嘴角和魚尾紋再次皺起來：「你的能力最好和你找藉口的本事一樣高明。大家就看著辦吧。」

依洛壓下提醒他們職位相等的衝動。林寶兒的興趣是找機會指謫所有比她晚來的人，偏偏她的年資是所有員工中最老的。他聽到她用力踩踏高跟鞋離去，宣示自己的存在。依洛提醒自己一天才剛開始，努力揮開跟林寶兒對話的疲憊感。

回到辦公室後，依洛從上衣口袋拿出筆記本，不小心連折過角的《日內瓦公約》也抽了出來。那小冊子是本不太厚的護身符，而且效用存疑。國際法是規定了新聞記者在成為戰俘時所應有的保障，但敵軍理不理會則是另外一回事。兩個月前剛有一個西班牙籍記者被殺害；行內流傳他一被逮到就立刻遭到處決，連象徵式的訴問過程也懶得搬出來。

世道艱難啊！依洛嘆了一口氣，怪不得越來越多同行寧願躲在辦公室等軍方簡報，然後撰寫一些道聽塗說，或者經過政府扭曲的「第一手真相」。

他翻開筆記本，編排未來幾天的行程。他已經預約好醫院及難民營的採訪安排，卻感覺整個專輯根本撈不著邊際。很久以前，他已經發現自己只是憑習慣將文字包裝得很震撼，但大同小異的景象早磨蝕掉他內心的熱情。

這樣不行，我得在自己腐爛前找到一個出口。

他的願望實現了。

到了下午，塞昂走了過來。他是採訪隊的錄影員，身材魁梧，老是在談他女兒的事。他問道：「羅德要我、菲利普、安東尼和積克辦理到尼希諾尼亞的入境手續。我們要回去前線了嗎？」

什麼？依洛興奮地跳了起來：「不！我有申請要去帕玲縵的幾個村落作採訪。他批准這件事了啊？」

「他沒有說。怎麼，那邊要開戰了嗎？我沒有聽說啊？」

「這次我們是以一般新聞記者的身分過去的。帕玲縵地區先前比較動盪，我想採訪一下住在那裡的人。」

塞昂點頭：「換個環境也不錯，我已經受夠那些天殺的軍規了。聽說莫娜過幾天就要去巴梅旺的軍事總部，我希望她能踢斷幾條命根子，讓那群死腦筋嚐嚐厲害。」

依洛很高興他的小隊成員與他有相同的看法，不過聽到莫娜的名字時，他拿起杯子，不自在地喝了一口咖啡。可能是注意到他的臉色，塞昂瞇起眼睛。

「你該不會跑去阻止她了吧？」

更糟，我請求羅德把她調離戰場。依洛不知道該怎麼跟塞昂解釋自己的複雜情緒，只好說道：「我沒有這樣做。」

塞昂開口似乎想要說些什麼，但最後忍住了。他聳一聳肩，轉身回到自己的座位上：「好吧！那我去檢查一下有什麼東西需要帶上……」

依洛鬆了一口氣。身為攝製隊及採訪隊的隊長，他還沒拿捏好該怎麼跟隊員討論私人話題。**他們似乎總是在分享別人的祕密**，他搖搖頭，猜想他和莫娜的事或許已傳遍了整間報社。**辦公室政治啊……**

苦澀的咖啡在口腔化開，他還記得在大學時剛認識的莫娜。在同一門課上，他們密謀製作一份令教授震驚的報告，因而成為最好的朋友。一年後，他們成為系上最出色的二人，然後志同道合的寫校報、辦學刊……

後來，我跑到黎巴嫩，她則成為尼希諾尼亞的戰地記者。依洛曾經敬佩，乃至憧憬莫娜的勇氣。但當他闖出名堂，而莫娜卻始終默默無聞，他就知道有點兒不對勁了。來到這裡後，他也逐漸體會到那種無力感。

熱度早已退燒的內戰新聞，還有縛手縛腳的官僚體制……

上次當那個西班牙記者被殺害時，人們是有關注一下這裡的局勢。然而，一個月過去，幾乎什麼都沒有改變。唯一的進展是保護記者委員會要求北約組織檢討人質的救援工作。但依洛想要的更多。**一個國家每天正上演著悲劇，卻沒有人關心、理會。**

另外令他沮喪的，是莫娜的態度。曾經，依洛認為他們彼此間確實有一絲情慾存在。

他還記得那一夜，他們彼此在對方身上起伏，既狂熱又純粹。但當依洛正以為他們終於能成為一對情侶，她卻突然把他拒之門外。**毫無解釋、毫無道理。**當他追著她到了非洲，眼前的冷待是他始料未及的。

「那是我的終身職志，不是你的。回家吧。」

凱旋(1)

巴梅旺，尼希諾尼亞首都，非洲。

「對了，這裡還不錯吧！」杜蘭咧嘴，積累的脂肪把腮幫子推高。凱旋聯想到發酵不完全的麵包。在路上百分之二百礙眼，尤其在同一個國家中，大半的人枯瘦到能看出髏骨的形狀。

凱旋不知道貿易部的副部長從哪得出這個結論。在夜店中央舞池的圓環裡面，舞女四肢僅在重複著生硬的調情動作，粗厚的深紫色嘴唇連假笑也沒有。他將目光從舞女的平庸臉龐轉到官員浮腫醜惡的頭顱，不知道哪一個讓他更難受。

「這裡夠安靜——」他回答。如果他希望我在商談中分神，他達到目的了。

作為一個富二代，凱旋實在不必以身犯險來到這個紛亂的國家。要不是為了諾斯德文物……

「絲航物流運輸集團」由他父親喬四海一手創立，並在非洲成為新世界工廠的一段短暫時期中，成為了香港與尼希諾尼亞之間的主要運輸商。然而，學運及內戰對公司的打擊很大，即使政權易手已有三年之久，公司仍然毫無起色。

喬四海在董事會的壓力越來越大，而凱旋趁機毛遂自薦。一開始，他父親還因為他關心「家族事業」而龍顏大悅——凱旋不忍告訴老人，他其實對公司的業務興致缺缺，只希望藉這個機會看一眼他研究過的諾斯德文物。話雖如此，他還是在這件事上表達了自己的意見。

記得當時的對話是這樣的：

「讓我去尼希諾尼亞做評估吧！老爸。我想要親眼看看那裡是不是像董事會所形容的那麼危險。」

喬四海搖搖頭：「沒用的，他們不會相信你所謂的風險評估報告。你是我兒子這一點，就足以令可信度大大降低。」

「這起碼能穩定軍心一會兒。而且我要報告的對象不是他們，而是你。」

「你這是什麼意思？」喬四海的額上現出皺紋。

「我擔心董事會才是正確的一方。你在那個地方留守太久了，老爸。」

當日的談話以咆哮作結，凱旋認為整個樓層都感受到震動。現在連你也要來反對我！他們收買你了嗎？你也不想想這間公司是怎麼創起來的！

直到出發的日子，老人仍生氣得不願跟他說話。

到了尼希諾尼亞，他考察了幾家工廠後，貿易部的副部長杜蘭突然興沖沖地找上門來，給他介紹一所私人製鞋廠，並努力遊說絲航公司簽下一張新的合同。看到這個國家的腐敗情況，他發現董事會的見解竟相當正確。

現在，他重新打量周遭的環境。

以談公務來說，夜店明顯不是一個最理想的地點。在政權不斷更替的首都之中，風化場所最容易受到伊斯蘭教保守派別的攻擊，連這種糟透的夜店也是一種奢侈。夜店的空間不大，但因為杜蘭把場地包起來，氣氛簡直空蕩得冷清。凱旋知道這時應該先風花雪月一番，但體會過所謂的消遣後，他決定要速戰速決。他掃了一眼夜店的角落，他的秘書小葉和溫主任正安分地坐著，沒有來打擾他們的密談。

「當然，海外公司是看準這個國家的勞動成本才設廠的，就算如你所言，工廠的安全不成問題，但工人們明顯不滿意這樣的合作關係。我們不能容忍一個隨時鬧工潮的廠房成為我們的主要生產線，況且你們能提供的，別的國家一樣可以。」凱旋切入重點，虛張聲勢。

杜蘭顯然沒想到他會這麼認真。他先喝了一口酒，緩緩開口：「叛亂後，人們已經知道加入陣線絕對是一個錯誤。我們在挑選員工時會更有……規劃和管理，我們可以承諾您所擔心的情況永遠不會發生。而且現在人民比以往更需要討生活，他們急切需要一份穩定的收入。」他加重語氣：「我有信心將勞動成本再下調個15％，而且每年十八萬的額外警備支出全數由政府負責。」

然後再逼人民造反個十年，凱旋懷疑這樣的鐵腕統治能持續多久。然而，他沒去攻擊那薄弱的論點，反而舉手呼叫侍應，營造虛虛實實的談判氛圍。

「這裡有山羊奶酪餅嗎？」凱旋問道。

「這……抱歉，先生。我們只有皮塔餅。」侍應愣住，明顯是第一次聽到這種要求。

「你們不會從附近找來嗎？」杜蘭責問道，瞪得侍應踉蹌後退。他轉向凱旋露出笑容：「想不到喬先生對我們的鄉下小吃有興趣。」

「我家傭人出生在這個國家，小時候有吃過這種酪餅。我一直忘不了它的味道，難得來到，當然要吃個幾遍。」

「哈哈，真沒想到你和我們國家這麼親近。來，來，先乾一杯！合作愉快！」

他倒還了解中國文化，凱旋舉杯：「敬新政府！」

「敬新政府！還有敬你的父親！」

酒過一巡，侍應將某種奶白色的薄煎餅送上。凱旋嚐了一口，**羶臊無比，難以下嚥。**他裝出一副興致勃勃的樣子吞嚥著，說道：「提到我老爸，我記得他每次致辭時，都會很囉嗦地吹噓一遍他在這裡的奮鬥史，次數多得連我也快會背誦了。對了，我有提過我的碩士論文是研究這裡的文物嗎？」

「真的嗎？」杜蘭驚訝地問。

「當然了。明天我就打算去諾斯德看看它們。」

副部長微笑：「哈，難得你還對我們的歷史有興趣呢！不過那個地方最近不太寧靜，可沒有首都那麼安全。我替你找個私人保鑣好了，你會需要的。另外，有關製鞋廠的事——」

「我會把它加到評估報告之中，你可以放心。」

「很好，很好。期待你的好消息。」他伸出手，凱旋握住。

會談結束後，一輛政府的專車護送自己回酒店。軍警小心翼翼地查看座位，然後檢查凱旋一行的公事包。來到首都之後，這樣的檢查簡直是家常便飯。儘管如此，死亡的陰影還是如晚風般纏繞在旅客身邊。像這家飯店，就已經歷過五次以上自殺炸彈的襲擊。

他慢慢走回房間。**杜蘭說得沒錯，我需要一個保鑣**，他躺在床上，一手鬆開領帶。體會到尼希諾尼亞的險惡氣氛後，他開始思考怎樣保障自身安全，尤其是他明天要去的地方比首都更加偏僻。

這個鬼地方似乎比想像中更混亂。他爬起來往洗手間前進，一邊尋找著襯衫的鈕釦，一邊嘆息。燙熱的水柱沿著凱旋的頭髮灑落，沖散了油膩膩的空氣。**最好在今晚把公事辦好**，他漱了一口水，關上水龍頭。**剩下的日子就去看文物吧！**

他換上便服，拿起電話撥打到旁邊的房間。

「喂？」他的助理小葉接聽。

「你和溫主任十五分鐘後，在商務貴賓廳等我，我們來談談評估報告要怎麼寫。我有頭緒了。」洗澡後，他感覺自己的思緒無比清晰，正適合處理公事。

下樓後，手下兩人已在商務廳最僻靜的角落坐著。凱旋加入他們，考慮著怎麼開口。

「結論是——」他決定直接一點：「我們得全線撤出尼希諾尼亞。」

兩人如凱旋預料地沉默起來。小葉皺皺眉頭，沒有說話。

溫主任道：「我以為你來這邊是要研究重開一些封閉的航線。你知道在董事會上，越來越多人支持留守的方案了嗎？」

「沒錯，而且恐怕都是因為承受了我老爸的壓力。我知道他愛這個地方，但感情蒙蔽他的視線。這裡是他事業的開端，我不希望它變成事業的終結。」

「這跟董事長無關。我很冷靜地分析過，凱旋，在內戰前這邊的生產線已沒有任何問題，而利斯的倒台，更是一舉占領整個市場的好機會。你知道有多少個對手正虎視眈眈嗎？」

「那就把航道包裝得漂漂亮亮，然後賣給那些對手吧！」凱旋提議，望著眼前的咖啡：「但是我們得退出。這裡的情況跟內戰前不一樣了，那些仇外的情緒是沒可能一下子降溫的，而新政府根本無心把經濟搞好。上個月，政府剛從外國購入一大批軍火，我不知道內部派系的明爭暗鬥還要持續多久，但我看到的官員就只想著以權謀私！短視、腐敗、獨裁——那就是我看到的尼希諾尼亞。我相信，撤資不是最好的決定，卻是我們這些年來第一個好的決定。」

小葉開腔：「但我們根本沒有別的生產線來代替——」

凱旋道：「兩星期後我們出發到布馬瑞卡，看那邊的情況會不會好一點。我聽說有很多廠房已開始研究要搬到那邊。對了，這幾天你先替我們弄好簽證。」

溫主任抗辯：「內戰後我們跟新政府合作了兩年都相安無事，你才到了這邊幾天，可能有點以偏概全了。而且董事長——」

「——董事長過度美化這個地方的回憶了。」凱旋再度打斷他們，決定結束話題：「他很想我們看看他發跡的地方，而它早已消失了。明天我會去一個叫諾斯德的小鎮，你留在這裡先草擬好評估報告，我回來時再看看。」

「那個是什麼地方？」小葉看起來很困惑：「我們要跟著過去嗎？」

「不用。那是西邊山區的一個小鎮，有一些出土文物。」

「你打算一個人去？」溫主任說道：「我們在首都以外的地方人生路不熟，實在太危險了。如果你想要觀光的話，可以回到港口那邊，看看雙海泉、斐蒙藍海灘之類的，而且那裡對外國人也比較友善啊！」

「我非得要去諾斯德不可。別擔心，剛剛副部長答應給我找一個保鑣。」他話鋒一轉：「你們應該沒有聽過那裡的古蹟或出土物吧？」

小葉說：「呃，沒有。我大學是念工商管理的。」

「沒關係，就算是考古學家，對它們有印象的恐怕也不多。它們是次級文物，只是一幫歷史不怎麼悠久的土著留下來的工藝品而已。」

溫主任點頭道：「你是唸考古學的。這些文物難道有什麼來歷？」

凱旋點頭：「沒錯。諾斯德文物的研究，其實是由米葛斯．利斯和民族自決陣線搞出來的。」

小葉說：「等等，他們不是很討厭知識分子嗎？youtube上有非常多的惡搞片段，諷刺他們愛踩爛別人的眼鏡。」

凱旋沒去理會他，繼續說道：「七年前，這裡的大學生和教授們要求開放國家和政權，形成了一股學運風潮，結果，民族自決陣線的領袖，米葛斯．利斯，靠著血腥鎮壓而上台。在他統治時期，除了考古學以外，其他一切學術研究都遭到打壓。但考古局的下場也不好。利斯總是要求他們要拿出成果來。結果，為了吸引國際社會的注意，考古局硬要將諾斯德文物與埃及神話扯上關係，還宣稱它是太陽神『拉』的原型。他們為了影響碳-14的鑑定結果——科學家用它來估算文物的年代。那群腦殘教授在文物中混入石灰岩和照輻射，然後把那些土著工藝吹噓成某種偉大的發現。」

他嘆了口氣：「當他們在上一屆考古學高峰會發表論文時，就變成了一場鬧劇。各方被吸引過來的學者發現了真相，然後把他們攻擊得體無完膚。從此以後，國外對這批出土文物便興趣缺缺，與另外上百個乏人問津的土著文明歸類在一起。我在全世界的大學找尋有關資料時，只有一本地理誌中略有提及。這就是諾斯德文物的下場。」

小葉搖搖頭：「利斯搞砸的東西還真多啊！這個考古局現在還存在嗎？」

這個就是問題。凱旋說：「不知道。」

「不知道？」

「考古局鬧出這麼大的紕漏後，他們怕利斯會找他們算帳，於是與現在的政府聯手推翻利斯。但之後，就沒有他們的消息了。」

在聽完凱旋的解說後，兩人沉默了一會。然後，溫主任問道：「那跟你有什麼關係？」

「雖然考古局的謊言被戳破了，但也不代表那些文物是毫無價值的東西。它們保存著尼希諾蘭部族的文化和記憶，我唸書時接觸過它們，研究過它們。現在它們卻像空氣般消失了，我要找出它們的下落。」

但即使我看到它們，我又能做些什麼？凱旋發現自己沒有答案。

苦澀的咖啡在口腔化開，讓他的酒意消退了不少。

依洛(2)

雖然看慣了生生死死，昨天在戴馬達坎醫院的採訪仍然讓依洛非常不舒服；肉體上那些膿瘡和不可思議的傷口，道盡了人類在設計武器時內心的扭曲。依洛希望防疫針的效用還在，因為根據前人的經驗，難民營的衛生情況比堆滿屍體的醫院還要糟糕。

鐵架及攝影器材增加了採訪隊的體積，依洛就在虛有其表的行列中前進，後方的司機菲利普大聲祝福幾句後，留下來保護車子。不遠處就是警戒線前的哨站，依洛從欄柵旁邊的坦克走過，向憲兵出示採訪證件，並試著向負責檢查的士官搭話。但那雕刻出來的臉紋風不動，只一言不發地遞回記者證，然後打個手勢讓他們穿越一排哨戒中的衛兵。

沒想到，往前走不到一百公尺，那嚴肅的氣氛經已崩潰。

依洛抬頭一望，天空交織起密密麻麻的電線，四周散碎著不知名的雜物。作為一個難民收容國，布馬瑞卡做得可夠多了。原先政府撥出了一個邊境小村落給難民暫住，後來他們就如螞蟻圍著糖果般，擠進村落外頭的曠野。難民營一圈又一圈地擴張，放眼望去皆是由木板、鋁片和帆布等搭建而成的小屋或帳篷。

話雖如此，依洛還是不知道裡頭怎麼可以擠進七萬多人；難怪布馬瑞卡政府害怕情況失控，設置了一條警戒線日夜死守，阻止偷渡客湧入國內。

留意到他們一行人，一個原先站著的軍人轉過身，走入左方一間油漆比較鮮明的房子。然後一個西裝筆挺的中年男士走出來，銀灰短髮在烈日下非常搶眼。

「你一定是來採訪的依洛先生了——」那人張開雙手歡迎依洛一行人，英語字正腔圓：「我是約翰．塞昂．阿坎巴拿，難民署地方代表兼事務官。」

依洛禮貌性地握了他的手，發現他的手強健有力。接著約翰招待所有人進去房子，待組員架起器材後，他端坐在鐵製辦公桌後方，等候採訪開始。

問些別人沒問過的事情，依洛記得羅德出發前的要求。

他以專業的口氣開場：「世界難民署在設立難民營之後，布馬瑞卡政府投放了大量國家儲備在這裡。最近幾年，這個政策成為了他們政治和經濟上的激烈議題。難民營對此有什麼看法，又打算怎麼去緩解這個問題呢？」

約翰點頭道：「布馬瑞卡政府是我們最大的捐助人。一直以來，我們都很感謝他們為尼希諾蘭難民所做的貢獻，不然今天的情況恐怕早在八年前就發生了。當然，你說的沒錯，難民營的營運最近的確比過去有更多壓力。不過值得慶幸的是，尼希諾尼亞的內戰已經幾乎平息，回流的人數正逐月增加。相信不久將來，這個地方就會完成它的使命。」

依洛繼續追擊：「你的意思是說，兩國之間逐漸緊繃的情緒，已經開始影響到難民營的運作？」

約翰笑了：「恐怕我得否認這一點，依洛先生，世界各地有愛心的善長仁翁為數眾多，足以讓這裡維持下去，暫時還不需要將難民們強制遣返。不過，我們還是在與政府研究怎麼引導他們回國。至於兩國間的衝突嘛……我們的人道立場很單純，儘量不介入民族、國家之間的糾紛，當然也不希望成為糾紛的源頭。我們很少談政治，只會在意難民有否溫飽，而難民本身也只關心這些。等等你應該會採訪他們吧？」

他露出若有所思的表情，隨即拿起桌面的電話，低聲下達了幾句簡短的指令。可能是看到依洛疑惑的眼神，他續道：「訪問完會有人護送你到廣場那邊。難民們的脾氣可不好，而著眼的事則很瑣碎，他們會向你投訴前面的人屁股擋到路、旁邊小孩太吵之類的。我的建議是，別讓自己被他們纏住。你需要傳譯員來翻譯嗎？」

語畢稍稍坐正。

依洛察覺到約翰並不習慣回應政治問題，於是悄悄在一部分的題目上打了交叉：「我本身有學過一點尼希諾蘭語，不過我們倒是缺一兩個警衛，先謝謝你的安排了。」**只怪我們報社沒錢請保鑣。**

他打開另一個話題：「另外，難民營一度被利斯視為軍事打擊目標，你怎樣維繫難民對這裡的信心？」

「米葛斯是個瘋子，他聲稱那些恐怖襲擊是為了懲戒那些叛離國家的人，但實際上他才是最大的叛國賊，如果你問我意見的話。」約翰搖搖頭，「然而他的瘋狂為我們帶來了很多災難。他在炸掉我們的房子後，難民就像嚇壞了的山羊一樣在布馬瑞卡亂竄，我們還得拜託軍方正式協助管理和保護難民營。幸好，現在平常事務和一般衝突已經回歸到我們負責，只有很嚴重的糾紛才會請求軍隊介入。」

「像屁股擋到路，旁邊小孩太吵之類？」依洛開個玩笑，並如預期般緩和了氣氛。他接著問：「管理那麼多人一定很辛苦吧！而且我留意到村外的非轄區零零落落的，你們怎樣去控制秩序？」

「重點是先做好戶籍登記，就算很多人都沒有身份證明也一樣。我們一直面對糧食分配和治安上的問題，試過很多種方法後，現在是由軍方管理秩序，再配合這個地方古老的『西亞』法，由一個個的氏族負責協調糾紛。」

這下有趣了。依洛精神一振：「你是說運用幫派來管理這個難民營？」

「如果你了解『西亞』法的話就不會這樣說了」約翰的拳頭無意識地握緊：「這是常見的誤解。它是非洲北部流傳了十多個世紀的習慣法，你可從中找到法官、律師、證人等等的現代觀念，與西方的法制不遑多讓；不過我們今天的時間不多，而它解釋起來又太複雜了。我會建議你到圖書館或者網路上找，應該有很多相關資料。」

我起碼有學過這些，依洛心想。

他開口解釋道：「我不是質疑它的歷史地位，事務官先生。只是『西亞』法建基於氏族之上，剛剛你提到許多難民都是難以辨別身份的，那樣的話——」

「——在維持秩序和分發物資以外，各國的難民營都很少干涉難民的活動。」約翰打斷了他：「而那正是我們在做的。『西亞』法是難民們自行協調出來的結果，我們沒有一絲一毫的介入，更遑論過問它的運作了。」

「原來如此，」依洛知道再糾纏下去就不用採訪了。他暗嘆了一口氣，微笑道：「管轄區跟非轄區的設施好像有很大的差別，搬進村裡的民房需要什麼條件嗎？」

「沒有什麼條件。不管是非轄區的帳篷，還是這裡的民房，大多數人都甘之如飴。這裡住的通常都是早期的難民，他們一樣跟其他人輪候食物、醫療、浴室和廁所，沒有爭吵，沒有階級。我認為這是很可貴的。」

「對你們而言，民房應該更容易做戶籍登記吧——」依洛腦海突然閃過一個話題：「對了，你們在登記的時候，有發現從學運中逃出來的教授嗎？我聽說尼希諾尼亞那邊一直都有學者失蹤。如果有的話，我想要訪問一下他們。」

約翰想了一下，然後搖搖頭：「隔壁內戰剛開始時，這裡收容了一批人，當中有教授有學生，都是大學裡跑出來的。後來，他們在新政府上台後就回去了。」幾個月前，民族自決陣線不知怎的拿到了這批人的名單，還打電話過來向我們查詢他們的下落。」

反抗軍要找學運人士幹什麼？依洛有種不祥的預感。

約翰突然看著掛鐘，上面的時間已超出原先的約定：「天啊！已經談這麼久了，我感覺像剛剛開始呢。」

他再撥了一通電話。沒多久，一個鬈髮的白人女性進入房間。

「她是瑪格麗，我們難民營的主任。瑪格麗，這是依洛。她會在你們去廣場採訪時幫忙解說。真抱歉，我等會還有點事，不能回答你全部的問題了。」

依洛站起來與事務官握手：「不會，我們已經得到很多有用的東西了，非常感謝你肯抽出時間來接受我們的採訪。」

採訪隊剛踏出約翰的辦公室，那個叫瑪格麗的主任就開始向依洛訴苦。走到一半路程，她已將矛頭從同事、天氣、電視台轉到難民之上。

她說：「早上派了配額券之後，那些人竟然直接在我們門口賣掉，還屢禁不止。偷電、生病、沒日沒夜的爭吵……尼希諾尼亞早就太平了，他們還死待在這裡，像嫌不夠擠似的。」

「但是路上好像沒多少人。」依洛觀察道，避開一隻扁掉的老鼠。

「他們大多數時候都躲在房子或帳篷裡面，傳統伊斯蘭女人沒有男人帶著是不會上街的。但是你看，這裡有……一萬五千個家庭吧！男人不到三分之一。天啊！房子像罐頭一樣擠，女人不到領糧食的時間就像老鼠般躲著。有時候真搞不懂這些僵化思想跟狗屁教條，像看著一些還沒解凍的野蠻人。非轄區那邊的情況比較好，她們起碼會遠遠望著你，但會不會接受訪問還是得看運氣了。」她轉下一條乾土階梯，不遠處飄盪著吵嚷的聲音。

而像是驗證瑪格麗的說法，階梯下有幾個包頭巾的婦女在聊天，當看到依洛一行人出現，她們中斷談話，緊張地把臉轉去牆壁。

「很多男人戰死嗎？」依洛繼續問道。他好奇，如果約翰知道瑪格麗在他面前大爆內幕，臉上會是怎麼樣的表情。

「凶多吉少，反正先避難的都是老弱婦孺。加上兩年的旱災，女人就是想種菜也沒辦法，結果不但內戰的居民要避難，連鄉下的都一股腦兒擠過來。我們統計過，需要三億美元來解決飢荒問題……廣場到了。」

依洛看到眼前的景象，立刻舉起相機，不斷按著快門。

那不是廣場，是一大片黃土混著彩色的身影。驟眼望去，它讓人產生一種靜態的錯覺，但仔細看著每處地方，卻都如同蟻穴般忙得不可開交，人們不是圍坐著，就是盤成許多條長蛇在排隊，分別擠到幾個聚集點，女人都將膠筒和圓球形的水缸頂在頭上，一個印著鮮明紅十字的帳篷分外鮮明。

「對啊！現在是分發食物和水的時間。」瑪格麗解說道。遠方有群小孩在拉拉扯扯，看起來像是因為領取物資而起了紛爭，但當警衛巡視到附近時，他們已經安靜下來，百般無聊地賴坐在地上。

「領班，等一下我們要採訪他們嗎？」積克向依洛問道。

積克是布馬瑞卡大學外文系的畢業生，剛從實習記者晉升不久，正逐漸適應戰地記者緊張的生活。但他做事不吝付出，依洛認為是個可造之材，決定讓他累積一點採訪經驗。

依洛回答：「先拍幾張他們吃飯的照片，然後再採訪吧！這次試著由你主導看看，可以嗎？」

「欸——我可以的，領班！」積克一口答應，然後接下依洛的準備文件，馬上閱讀起來。

依洛趁機觀察四周，留意到塵土中飄揚著體味。這時天空鋪展著一層淡薄的雲，地平線上散布著疏落的自製帳篷。**非轄區**，依洛舉起胸前的單眼相機，調整焦距。

透過鏡頭，非轄區的狀況一覽無遺。那些「帳篷」呈現不規則的形狀，手臂粗細的木棍自其中穿出，架著鬆垮垮的布料。再細看下，連被褥和門板等生活用品都成為了建築材料。**那些地方才有故事題材**，依洛想著。

「等一下我們想要到非轄區做採訪。」他告訴瑪格麗。

「什麼？」她的五官緊擠，像聽到什麼骯髒的字眼：「那些地方不由難民營負責，所以才會叫『非轄區』啊！呃——如果你們要採訪，那抱歉，我可不能跟著去了。」

「沒關係。」依洛理解的道：「我們會照顧好自己。」

「那祝好運。如果沒別的事，我就先回去了。」瑪格麗指派了一個警衛跟著他們後，一邊碎唸著離開。

依洛深呼吸，然後對他的隊員說道：「我們走吧！」

凱旋(2)

凱旋站在撒加大學門口，心中還是充斥著不真實感。他記得自己六個月前，在一個考古學的網站聯絡上美籍教授安妮。他們談到諾斯德文物久未在公眾視野中出現，凱旋一時心血來潮，決定要親自考究原因。

「親愛的同事們一定高興得不得了——」他喃喃自語。這個自我流放之旅似乎激勵了全公司上下的士氣，他們萬眾一心地希望我客死異鄉。要不是另有所圖，他早就在公司繼續給他們好看，永遠不會到這鳥不生蛋的地方受罪。

他再次打量這個地方，失望感越來越重。

雖然有著「大學」的名號，但那廢墟的規模比自己在香港念的小學還要小，凱旋評估著。他看了一眼環繞撒加大學的欄杆，上面的鐵絲網已失去應有的功能，原來的綠色油漆剝蝕，被鏽紅占領，如同勉強掛著的廢棄漁網。而這面斑駁、扭曲的網子到了正門，或是曾經是正門的地方就從中斷開，露出由沙包堆砌的戰壕，中間立著一個醒目的「禁止進入」警示牌。又一個內戰的遺跡。雖然之前已經得到消息，凱旋還是忍不住嘆了一口氣。

當米葛斯．利斯將軍取得政權之後，為了減輕國內外對學運事件的譴責，他特地扶植了一批屬於自己的教授，建了這所大學，還將考古諮詢委員會升格成考古局。那部門主力研究尼希諾尼亞的歷史和文化，而諾斯德文物就是當中最重要的一環。利斯希望透過考古學凝聚民族意識，他曾經說過，那是「真正屬於這裡的東西」。

「能拿的都拿了，拿不動的就被砸掉。」戈丹告訴他：「穆衫都根本沒有好好整理過這個地方。」

根據戈丹的自述，他曾經在軍警部隊中待了近二十年，退休後才當上保鑣。他老是吹噓自己人脈有多廣，讓凱旋有些煩厭，不過人看起來還不壞。

現在，那人搖動那焦褐色的馬臉，露出一副「我早告訴過你了」的樣子：「這裡雖然荒廢很久，但並不安全，我們觀光完就得回去了。」

凱旋說：「反正到了，我要進去看一下有沒有資料留下來。」

他再次打量廢墟。一瞬間，凱旋眼角餘光掃到了一絲動靜，凝神細看時，卻只看到二樓一整排破碎的窗戶。比起認為自己眼花，他更相信校舍的確有人存在。

他望向戈丹，用眼神示意著。

戈丹原本正打算說些什麼，卻彷彿僵硬地噎在喉頭，開始一語不發地收拾東西，同時望向載他們來的吉普車。凱旋留意到他的手有點顫抖。

我居然還指望這種人替我交涉。凱旋只好提醒戈丹：「我們說好這種情況下由你出面處理。」

「不……」戈丹揪住凱旋的領口，將他半拖到圍牆後面，害他以為正在躲避槍林彈雨。「你不清楚這裡的情況，自從軍隊進駐過以後，生怕跟利斯扯上關聯，沒有正常人會敢進去避難。我敢打賭裡面是一群黑幫份子，你可以進去問他們，但我不認為正在嗑藥的人會回答你什麼問題。」

「剛才或許是我看錯了，而且，裡面也可能住著逃出來的學生。」凱旋有點訝異，他沒想到這個保鑣竟會臨陣脫逃。

「我聽說裡頭已經丟空很久了。如果我知道這裡不安全，我才不會帶你過來，今天我們先回去吧！」

凱旋不知道那是軍警的直覺還是怯懦。他很清楚自己應該照他的建議去做，可是在知識亡佚前，他得把考古局的研究資料弄到手。**杜蘭竟然找了個懦夫給我當保**

鏕？

「遊民可是比士兵危險上百倍！」戈丹繼續說：「不管你身價多少，他們還是會為了錢包裡一百先令將你撕開，然後去換幾口毒品吸吸。」

凱旋瞇細自己的眼睛。一股非理性的熱流驀地湧上大腦，他決定用激將法。

「如果你只會用力地躲在牆後，我恐怕就不需要你的服務了。」凱旋挑起一邊眉毛。

「我負責你的安全——」戈丹提高分貝，凱旋感到被抓住的領口在收緊：「現在我在救你的命。所以，你最好聽我的說話。」

就算身為半個老闆，戈丹也顯然沒把自己當成一回事，當凱旋了解到這點以後，他決定轉換策略。

「你說得對，」他換了一副輕鬆的口吻，「我是有點急躁了。」

「你完全不了解情況——」戈丹鬆開手，似乎覺得自己太過份了：「你低估了這裡的危險性。」

「當然。」嘴上如此說，凱旋卻四處觀察，看有什麼可以利用的東西。他眼光落在吉普車上，想到了一個主意。

「那就先回旅館吧。」他走向駕駛座。

「我開車，你不熟悉路。」戈丹也跟著上了車子。

「路找找就有了。」凱旋發動引擎，然後一手按下喇叭鍵。方圓二百公尺立時迴盪著刺耳的噪音。他另一隻手向校舍的方向高舉中指。

但那仍掩不住戈丹的咒罵聲：「媽的！你瘋了嗎？」

「看看我們在害怕的人，看，他們要出來了。」凱旋也放大聲線，用手指著大學方向。

的確，十來人正手持水管和磚塊，來勢洶洶的湧出大學門口。沒有手槍，凱旋暗中數了一下，九男三女，有些人穿著光鮮的襯衫，卻混搭了破爛的舊衫褲，腳丫上還掛著用輪胎製成的臨時拖鞋。他們一邊喊著尼希諾尼亞的鄉土話，一邊追趕過來。

突如其來的暴民成為壓垮戈丹容忍力的最後一根稻草。

「該死的！快開車！」他搶過方向盤，用力踏下油門。

輪胎開始發出銳利的聲音，揚起一片沙塵，然後逐漸遠離叫囂的人群。只有一個跑速奇快的男人追來，接近得可以看到他身上未癒合的潰瘍。當凱旋開始擔心擺脫不了這個人時，車子終於在這場比賽中獲勝。遊民減慢速度，擲出手上的磚塊，命中吉普車後面的鐵架。

「那人可以參加下屆奧運了。」凱旋笑道。

那絲毫沒有緩和戈丹激動的情緒。他的聲音震動著凱旋的耳膜：「你想殺了我們嗎？他們可能會有槍！」

「現在我們知道他們沒有槍，也知道他們的人數。」凱旋拿回方向盤的主導權：「我倒是不清楚你為什麼要對著我吼叫。」

「這樣有什麼意義，要他們很有趣嗎？」

凱旋的脾氣也上來了，他吼叫道：「我要裡頭的東西！而那群遊民的所在是我們現在有的唯一線索！」

他深吸口氣讓自己冷靜下來。**這真不像我**。他放緩語調，繼續說道：「我希望你能拜託軍警去掃蕩那兒。」

「這實在太荒謬了——」戈丹的嘴唇扭曲：「軍警可不會照你的行程表做事。我最多只能讓你跟長官談這件事，那還得花上一大筆錢。」

趁機敲詐。戈丹的行為已經反映出他對自己的輕視。

「然後讓他吐口水在我臉上？」他回應道：「不了，這裡的水源非常珍貴。而就你一直吹噓的——你跟軍警的關係應該好得能做到這點小事，對吧？」

戈丹沉下了臉：「這裡是我的地方，你這樣說話當心會後悔。」

「看到你剛才的表現之後？我還倒是真的有點後悔。」

險惡的氣氛在彼此間流動著，凱旋看著戈丹像是在勉力維持呼吸，暗中警戒，擔心自己是否太過份。**但我得告訴他我是老大**，而且如果不能壓榨點東西出來，他決定要換個有用點的保鑣。

出乎他的意料，戈丹卻不能自制地大笑起來。這次換凱旋困惑起來。

「沒什麼。很少人這麼有種。」戈丹咧開嘴，露出嘲諷的笑容：「看得出杜蘭為什麼覺得你需要被保護。好吧！你要的軍警，明天就會在這裡出現。」

他投宿的旅館位處諾斯德鎮的山腰，裡頭裝潢廉價，但窗戶能一覽下方的民房和天際線。居民似乎過著千年一日的樸素生活，凱旋曾在一面牆上看到上個世紀的廣告，褪色的油漆仍能隱約看出字詞，那時他隨手把它用手機拍下來，還設定成待機畫面。

到達旅館後，凱旋打開電腦，研究著尼希諾蘭考古局的資料，看能不能找出什麼蛛絲馬跡。戈丹則待在對面的房間，開始聯絡他在軍警中的熟人。

如果在撒加大學一無所獲，我就得考慮下一個地點，凱旋苦惱起來。他打電話給秘書小葉，那人總是有辦法查到自己想要的資料。

「看一下考古局過去的友好團體，」凱旋說道：「一些教授可能會躲到朋友的家裡。你在巴梅旺有沒有查到什麼？整個局的成員失蹤了，政府不可能不知道。」

「穆衫都上台後，似乎把考古局的人統統調職到諾斯德去，在首都連一個辦事處都沒有。他們的網站已經整整八個月沒有更新了，政府查詢熱線只給了個打不通的電話號碼，其餘一概不清楚。不過，我在政府的財政預算編列中發現一些數字，顯示考古局每年都有接受二千萬美金的研究補助。」

這太詭異了。撒加大學明顯廢棄已久，凱旋暗忖：**那考古局平常在哪裡作研究？那些錢又跑到哪裡去了？**

依洛(3)

「器材很難搬到那邊——」塞昂建議：「在廣場附近採訪會比較方便。」

整句話花了三秒才傳到依洛耳裡，他定一定神，立刻把思緒拉回來。

「非轄區才是真正的難民營。」他堅持。他看著高原上零零落落的簡陋居所，衡量了一下攝影機摔壞的風險。「小心點搬，我們找最近的一戶人家採訪吧！」

看著塞昂認命地和其他人抬起腳架，依洛帶頭前進。所謂非轄區是一望無際的荒地，浸淫在死白色的天空之下，而四周則散落一簇簇深色的灌木和帳棚，呈現出一種不協調感。攝製隊也感染了那份淒涼，默默地踩著碎石前進。

他們像幽靈般左右包抄了一個綠色大帳篷，安東尼拿著長柄的指向型麥克風，遞到帳篷入口上方錄音。依洛跟積克小心翼翼地走向垂掛著的門帘，約翰派來的警衛緊跟在後。

「請問有人在嗎？」積克用他最好的當地語問道。

塑料布被乾瘦的手拉開，裡面怯生生地露出一張乾癟的臉，皮膚皺得像脫水的果實。那個老婦人不確定地望向他們。

「問她的生活狀況。」依洛提醒。

積克點頭，跟老婦人交談起來。

「我是圭圭尼，一家逃出來了。補給？我們有肥皂和毯子，感謝你們，感謝你們！」、「對，我準備食物、撿拾木柴，基本上生活得來。只是食物用度得非常小心，誰知道明天還有沒有得吃呢？小孩子一定不能餓著……」

積克問了下一條問題，依洛在旁邊觀察著。**又一個悲慘的難民。**他曾經也是個像積克般滿腔熱誠的小夥子，**現在我已經是一個主筆了，屁股下有一張椅子，手上有一整份專輯。**但是，他卻感覺自己的價值在不斷下降。

「……我真的想拿東西來回報你們，可惜沒了。我家本身養了四隻山羊，我一直守著牠們，然後『民族陣線』的人來了，搶東西、殺人、帶走我們的山羊。那群強盜一看到戴眼鏡的就殺，杜尼說他不是學生，他們還是把他拖到一旁射死，我聽到他的叫喊！」

圭圭尼眼中泛著憤慨的淚光。**千篇一律，**依洛握著拳頭，**一個就好，我只要一個新的故事，讓人感到這裡仍有希望。**

老婦人喋喋不休地訴說著，積克頸背逐漸滲出油亮的汗水，讓依洛知道自己該幫他一把。他吸了口稀薄的空氣，一個問題脫口而出。

「圭圭尼女士，妳對七年前的學運有什麼看法？」

老婦人皺起迷惑的臉。「學運？我不知道，我根本不知道那時發生什麼事。收音機說了好多，年輕人應該會比較清楚。唉，如果杜尼在就好了。」

「沒關係，我只是隨口問問，感謝你接受我們的採訪。」

積克鬆了一口氣。攝製隊專心地收拾東西。當沿著碎石走回去時，老婦人在他們背後喊了兩句話，而依洛沒有聽清楚。

「她說什麼？」**什麼騙子，惡魔，該不會是在罵我們吧！**

「說什麼愛國都是騙人的，他們只是一群自私的惡魔。」積克回應，然後問道：「領班，你怎麼了？感覺不太對勁的樣子。」

塞昂說：「對啊，剛剛採訪時你整個人就在發呆，然後突然問起學運的事。你找到一個逃出來的教授還是學生嗎？」

依洛說：「剛剛約翰不是說陣線在找尋學運人士嗎？我一直在想這件事。陣線曾經大肆屠殺學者，我有點擔心他們的安危。」

積克點頭：「對啊！這事的確很奇怪。」

「說不定在尼希諾尼亞會找到線索。」安東尼附和道：「我們有過境簽證，跟本不用問難民營的意見。林寶兒不是一直挑剔我們的新聞不夠看？不如找點事來做吧！反正跟著軍隊什麼都拍不到。」

「老實說，那群軍人混蛋只會叫我們滾遠一點。」積克同意。

依洛說：「我不是沒考慮過這些，不過沒有人護送實在太危險了。」

「有人護送還不是一樣危險？那些炮彈根本就沒在看目標。」塞昂反駁。

「這事就此打住吧！」依洛留意到異狀：「等一下，那個警衛沒有跟上來。」

原先沒有存在感的軍人，瞬間變成了全隊的焦點。

那人沒有留意到他們的視線，專心通話，像一條緊繃的弦線。有新聞了，多年的採訪經驗讓依洛意識到這點，手指不由自主地握住口袋裡的錄音筆。雖然那件器材在大學畢業後已經報廢，但他還是會習慣性的帶在身上。

警衛掛了無線電，看到他的護送對象正等待著，於是主動走了過來。

「發生了什麼事？」

「先生，原定有一個戒嚴的演習會在下午進行。超時採訪會影響到我們的安排，事務官希望你們能儘快回去。」

「什麼？我們沒聽過會有演習！」塞昂抗議，其他人紛紛表示同意。

「那我們希望採訪一下演習的情況。」依洛要求。

「演習並不對外公開——」警衛堅定地望著他們：「這是例行的治安措施，請跟著我。」

在他的催促下，攝製隊快步走回轄區範圍。

難民營給人的感覺與上午完全不一樣。陽光似乎不再為村落提供溫暖，只為它鍍上一層蒼白色，數名軍人在路上巡邏，確保居民都待在房子裡面。**這不是寂靜，是恐懼**。依洛過去在戰地採訪時感受過同樣的氣氛。

積克說：「天啊！剛才那麼多人，這些民房還真塞得下呢！」

「約翰剛剛完全沒提過會有戒嚴。」依洛狐疑道：「而且看起來也不像演習。」

警衛聽到他們的對話，再次重複：「我不清楚你們會面的情況，不過這個演習很早前就已經定下來。」

「明白，不過我們希望跟事務官再見一次面，感謝他的招待。」

警衛眼睛轉了轉，考慮了一下：「這個……可能……稍等一會，我再問問事務官。」

當警衛走遠後，攝製隊聚在一起低聲討論。依洛壓低聲音：「那人在說謊，有事發生了。」

其他人點了點頭，積克則有點疑惑。「你怎麼知道？」

塞昂回道：「笨蛋。聽清楚警衛的說話，看清楚四周的環境。」

「各位——」警衛的聲音突然響起，把所有人嚇了一跳：「事務官答應跟你們見面，到時你們可以向他詢問情況。」

真是個恐怖的人，依洛不曉得警衛的名字，也沒打算去問。每個人都沉默下來加快步伐，沿路趕回約翰的辦公室。到達目的地時，裡頭正傳來瑪格麗尖銳的嗓音。

「……但我們根本就什麼都不能做啊！除非你們派人……」

門外兩個衛兵把攝製隊攔截下來，要他們先到一旁待著，然後快步走進辦公室。過了一分鐘，依洛看到數名軍人魚貫離開房子，往軍營的方向走去。其中二人穿著高階軍官的服飾。

待他們進入辦公室，裡面只剩下事務官和瑪格麗。依洛開口：「事務官先生，這裡發生了什麼事？」

約翰沉默著，視線固定在空氣之上。

然後，他直截了當的望向依洛：「合巴東部有幾個村民逃到這裡來，說民族自決陣線占領了他們的村落。如果他們所言屬實，這是他們幾年來最接近難民營的一次。我們已通知駐軍嚴加戒備，但我擔心情況會很混亂，你們應該趕快離開。」

果然出事了。依洛環顧身後的夥伴，看到一張張堅韌的臉。

他拿出強硬的口氣：「我們是戰地記者，已經清楚風險，也不會白白讓這個新聞溜走。我們會去合巴作實地報導。」

這時，瑪格麗突然插口道：「那剛好，他們可以叫勒普米桑回來！」

「妳太多嘴了——」約翰的語氣非常嚴厲：「那是難民營的事務！」

依洛問道：「勒普米桑？」

約翰按摩著太陽穴。「他是我們的職員，在那邊的一個村落安排村民過來。我們想要派人接他回難民營，但這邊的駐軍不能跨過邊境線，否則就會引起尼希諾尼亞的注意，甚至引發戰爭。」

「那我們去——」依洛回應：「原本我們就計劃到那些村落去，可以順道接他回來。」

約翰歎了口氣。

「那也是一個辦法，我代表難民營先行感謝你們。那村落跟這裡有點距離，途中發現任何危險的話，請務必先趕回來。」他殷切地說道，擔心之情溢於言表。然後，事務官轉向瑪格麗：「那妳負責帶他們過去合巴五村。」

瑪格麗張口，最後似乎把抗辯的話吞了回去。

「好的，長官。」她說道，臉上的表情像吞了好幾打釘子。

約翰靠向椅背，說道：「那也麻煩你們好好保護她了，記得一有風吹草動就立即回來。不管怎樣，天色已很晚了，你們明天再出發吧！」

依洛和隊伍商議後，讓負責搬運拍攝器材的職工回去總部，僅留下菲利普、塞昂、積克和自己四人。他先在網路上調查一下民族自決陣線最近的行蹤，發現在尼希諾尼亞，穆衫都政府剛在首都附近對陣線發起一波清剿行動。**如果他們往西北方流竄，的確會經過合巴東部……**

依洛看了一眼地圖，合巴東的村落正好在邊境難民營的南方，位處人煙罕至的曠野上，最接近的城鎮是諾斯德。**勒普米桑就在合巴五村，明天我們就會知道那裡發生了什麼事**。未知感讓依洛的血壓升高，他不確定那是興奮抑或恐懼。晚上，他跟報社主管羅德匯報行程。

在電話中，羅德似乎格外憂心。

「就算要去，我們也應該事先掌握當地的情況。看看村民發佈的 Twitter 信息，那相當於實時報導，讓我們評估哪裡過於危險，哪裡又值得一去。」

依洛回道：「我查過了。那些地方過的生活非常簡樸，許多村落連一條電話線也沒有。」

「那更危險了——」羅德語氣遲疑，似乎在風險及成果之間掙扎。「你們只有一輛採訪車，如果陣線出現了，到時你們要怎麼逃跑？」

依洛決定賭一把。「如果陣線出現了，那不管怎麼樣，都會是一宗大新聞。我們都有心理準備，會應對好各種突發情況。」

他認為羅德已了解他的暗示。

這些日子，依洛為報社帶來的「普立茲」光環已經褪色。如果這次能挖出國際性的新聞，報社的影響力絕對會大增。但為了自己的虛榮心，依洛有出賣同伴的負

罪感。如果積克、菲利普、塞昂因此遭遇危險……

這時羅德清了清喉嚨，開口道：「好吧！那去證明你的行動是對的。如果需要支援，一定要讓我們知道。」

凱旋(3)

「他們被扣押在二樓，軍隊會等我們問完話才帶回警署。」戈丹若無其事地帶路，昨天的爭執不留一點痕跡。凱旋有些佩服，但也警戒起來。

距上次到訪只相隔一天，凱旋對撒加大學已有莫名其妙的熟悉感，沙塵後的校門一如以往，看起來深邃而危險，讓他想到小時候讀過《天方夜譚》裡面描述的山賊巢穴。他們繞過大閘下設置的沙包，被吸引似地，凱旋緩緩走向那越來越大的黑洞。

踏進廢棄的大樓，再輕細的腳步聲也異常空洞，他的眼睛逐漸適應幽暗的環境，發現校舍裡頭的景觀比外面的更糟。走道被勉強清理過以供行走，其餘有點價值的物資似乎被搜括一空，牆身布滿人為造成的刮痕，甚至出現彈孔，地上偶爾散落著一些被撕下來的紙張，破碎而泛黃地抖動著，像飛蛾臨死的掙扎。

準備步上二樓時，被陽光照射著的樓梯間隙晃動著人影，然後一個軍警走了下來。那人一看到戈丹就發出誇張的呼喊聲：「哈，老兄，最近可好！怎麼忙得連我妹妹結婚也不來慶祝啊？」

「上頭該死地把我派到老遠，簡直一點都不懂人情世故。哈，等你換班我們一定要喝一杯，到時我們再來敘敘舊。」戈丹拍拍那人的肩膀：「今天倒是麻煩你們了，有留下幾隻鼠崽子給我們嗎？」

「哈，大哥你就甭客氣了。」軍警轉向凱旋：「就是這個人？」

「對啊，喬凱旋先生想要參觀你們的辦案過程。凱旋，這是卡邁隊長。」

「哈！聽說你要拷問犯人？你知道要怎麼做嗎？」隊長的語氣有挑釁的意味，胸膛則逼近凱旋。戈丹在一旁饒有興味地看著，沒有幫腔。

「當然不知道——」凱旋將一疊面額一萬的先令遞過去：「因為這部分是由你負責的。」

卡邁如同預期般愣了一下，然後收下鈔票。他大笑道：「當然沒問題！來，跟著我走。」

他在前方領路，凱旋觀察到隊長的步幅增加了一吋左右，再依次掃視他的名牌手銬、褲管摺紋和略帶磨蝕的皮鞋，**容易收買、沒有見識，真是物以類聚，怪不得跟戈丹那麼合得來**。除了剛剛的甜頭，凱旋昨天也匯了一大筆錢給軍警處，確保自己得到想要的東西。

「我們抓了一個比較合作的孬種出來。其他渣滓待在別的房間。」不一會他們就在一個教室前停下來。那空間正中間有一個瘦小的漢子，身穿無袖襯衣和牛仔褲，被銬在一張椅子上。當那人抬頭望向卡邁時，凱旋留意到他眼中的慌亂和狐疑。旁邊，一個軍警用警棍輕敲著椅背。

「等等，搜出來的東西呢？你們放到哪裡？」凱旋壓低聲音，向卡邁問道。

「另外找地方放著。怎麼了？」隊長瞇起了眼睛。

「多掌握一點情報會比較容易套話，我可沒有你那麼厲害的逼供技術。」

隊長臉上浮現不配合的輕蔑神情：「不就是一些破銅爛鐵嗎？我很肯定裡頭沒有你想要找的東西。」

他們不想讓外人看到證物，以免被發現中飽私囊，凱旋意會到。他直接挑明：「那些都是你們的證物，我可管不著之後會怎樣處理。而且我記憶力很差，不管看到什麼很快就會忘記。」

卡邁考慮了一下，然後對著戈丹笑道：「你的朋友真是直接。來，動作快。」

他領著凱旋和戈丹到了旁邊的房間，那裡到處放滿了不協調的雜物和電器，讓原先的空間看起來更加狹小。**他們起碼搶了兩三戶……**這是凱旋的第一印象，然而，當他看到傢俱的奢華程度和一致性，他立即糾正自己的想法，**是一戶有錢的人家**。凱旋的眼光落到附近的三十二吋等離子電視、鍵盤、筆座、卡通小摺鏡，還有一面獎牌……上頭刻著「麥・加爾雷」這個名字。

一瞬間，凱旋的心臟用力泵動血液，感覺快要跳出胸膛。

事實上，他從沒有對這個地方寄予厚望，所以當考古局的線索憑空出現，比起興奮，他更接近震驚。他繼續全神灌注地搜尋證物，然後在雜物中拾起一本期刊，他對比了一下成員名單和獎牌上的名字，不，**別告訴我他已經死掉**。

他深吸幾口氣，讓自己冷靜下來。

「我想要知道幾件事，」凱旋說，掩飾不住口氣中的憤怒：「幫我問一下那個雜種。」

他把期刊交給卡邁，然後列出了幾道問題。

當一行人回到詢問室，那瘦小的漢子已滲出大量汗水，動作緊繃，進入理想的訊問狀態。他緊張地說道：「為啥要找咱？咱啥都不知道！」

旁邊的軍警一棍就往他的臉抽過去，那人立刻慘叫起來。「記住現在是我們要問題！好好聽這位大人問話，你敢說一句謊，我就打斷一根手指。」

「放心，加上腳趾你可以撒謊個二十次左右——」卡邁拿起一張椅子坐在對面。「你的名字？」

「默心．伊達西奧。」說話時，他臉上的瘀青逐漸變得深色。

「默心，就幾個無關痛癢的問題。你認識這裡的任何一個教授嗎？」

「不知道！」他用力搖頭，語氣高昂生硬。

「還嘴硬！」軍警又一棍擊向默心的臉，卡邁沒有制止。**不是應該打斷手指嗎？**凱旋心想。

「我也不希望你受傷，請別再說謊了。哈，你的記性應該沒那麼糟吧！尤其是才剛剛搶了他的家——」隊長舉起期刊，指著上頭的一列名字：「這裡的人你都認識嗎？」

默心像隻被抓住的老鼠般四處張望，然後放棄地望著期刊。

「加爾雷——」他的嘴唇蠕動，聲量逐漸放大：「加爾雷！他是米葛斯．利斯的寵物！咱們拿回他們搶走的錢，又有啥錯了？」

「你們是怎麼認識這個人的？」

軍警很配合地敲了兩下椅子，默心緊張地瞄著警棍，再度軟化：「一開始是他上來找咱們買書，後來咱們就直接運到他家了。」

「什麼書？」凱旋插口問道。拜託是有關諾斯德文物的。

「就他們在學運時丟在這裡的書。咱們當然不會白白交給他，但加爾雷只肯用原價的十分之一來買——」

「——那些書在哪裡？」卡邁大聲質問。

「說！」軍警跟著喝了一聲，默心下意識地縮了一下。

「咱不知道！根本就不在那個地方，那些東西現在對咱們一點用也沒有！」

「哈，因為你們把這個加爾雷殺了。」卡邁露出獰笑。凱旋不得不承認，他真的很有一套。

默心瞪大眼睛，慌張地辯解：「沒有！咱們才沒殺加爾雷！屋子裡根本沒人！而且他家的事，那是大倫一夥幹的，跟咱們一點關係都沒有。教授人很好，咱們怎麼都不會幹這種屁事。而且啊！他只用一成的價錢來買書，咱們根本活不下去嘛！咱家裡還有三個人等著吃飯呢……沒有！咱們沒有殺人！」

「為什麼你們只搶加爾雷一家？」凱旋問。

「咱是聽大倫說的，他說那群啥局的就要垮了，加爾雷就算被打死也沒有人理會！而且那些錢都是咱們的，只是拿回來而已！只是拿回來而已！」

軍警反射性的又再抽打下來。考古局垮台？這真是太糟糕了。

凱旋聽到卡邁正向默心問話：「你們是怎麼逃到這裡來的？」

「咱……咱們一直都住在這裡，不回來就沒地方去了。有兩個條子守在門口，一開始咱們只把他們綁起來，後來就放走了！真的放走了！大倫一直說要殺了他們，因為咱們常去賣書，他們認得咱們。咱們沒殺，只叫他們發誓，結果就被抓了。」

「那個教授，他的家在哪裡？」

「山上面，在也利馬街。但……」他的喉結上下起伏：「咱們沒有回到那邊，不知道那房子的情況如何了。」

卡邁說道：「不，你很清楚房子的下場。」

「咱……咱沒……」默心再度喪膽似地望向地面：「……大倫把它燒了。」

「一堆沒種的搶匪，」卡邁轉頭問凱旋：「你還有什麼想要問的嗎？」

把它燒了。凱旋腦袋一片空白，不知道多少有價值的文物因此付之一炬。他不由自主大吼道：「那現在加爾雷到底在哪？」

「咱不知道！屋子裡沒有人，之後也沒有人看過他！」

「其他教授呢？學生呢？」當意識到時，凱旋的手已緊緊捏住對方的肩膀。

默心眼睛流露恐懼：「咱不知道！咱們從沒跟其他教授聯絡過！」

廢物，凱旋感覺自己需要冷靜一下思緒，於是厭惡地轉過身：「我沒什麼想問的了，也不想再看到這些人渣。」

他走到附近的陽台，深吸外頭的清新空氣。戈丹跟隨在後，開口問道：「那麼，你有找到想要的東西了嗎？」

「還沒有。那個被搶的教授是其中一個我想找的人，這些流氓把大學的書賣給他，之後就砸了他的家。但我要知道的，是這些教授的下落。」

「他要不是早就死去，那夥遊民在搶劫時也會把他殺了。那你現在打算怎麼辦？」

戈丹道出凱旋所擔心的事。**不過，搞不好他家還有一些文物留著……**

「等等，一群人放火打劫，軍警處不是都有紀錄嗎？我想知道軍警有沒有找到什麼。」

「應該有吧……」戈丹的表情似乎也不太肯定：「我再問問卡邁，你在這裡等我。」

戈丹走開。沒多久，他和卡邁的談話聲飄了過來：

「……也利馬街……穆拿瑪垓負責的吧？……不過……」「吓！搞政治的那群人每天都窩裡鬥……」「……哈，他才不會理會呢……好吧……」

望向外頭，小鎮的建築大多只有三、四層高，而大學外的民房許多都殘破不堪，有些看來卻是新建成的。新政府上台後重建的，凱旋猜測。

他歎了口氣，轉身走回大樓。這時他留意到有軍警守在一個房間的門口，引起了他的好奇心。走近一看，他發現房間中擠著二十多個遊民，手放在頭後蹲著。六個軍警正舉槍指著他們。

凱旋看到昨天追著他車子跑的那人。他的嘴唇病態而虛弱，皮膚潰瘍，像布滿了粉紅色的苔蘚。凱旋退後一步，擔心它會傳染。那人直直的望著凱旋，似乎認出了他，然後一口濃痰向他吐出。

門口的軍警衝上前去，狠狠地用警棍往那人身上招呼。凱旋看不清楚後續發展，因為他在一陣驚恐中後退，剛好撞上戈丹。

戈丹扶著他，問道：「怎麼了？你像看到鬼似的。」

「沒事。」凱旋的心臟跳個不停。

「你真好運——」戈丹說道：「卡邁答應了。我們晚點會回軍警處，到時再幫你查一下教授們的行蹤。」

依洛(4)

穿越國境之後，每一個聲音都可能代表他們採訪的開始，或者結束。腎上腺素漸漸在依洛體內發酵，他一路上警戒四周，聆聽風中有否夾雜槍炮的聲響。尤其採訪車一路搖搖晃晃，在後方揚起一大片灰黃色的軌跡，如果民族自決陣線有游擊隊在附近的話，自己一行人絕對是最顯眼的攻擊目標。

旁邊傳來採訪隊的聊天：「等等別被炸掉一兩條腿了，你這種身形我可背不起來。」

「導彈才射不穿他的脂肪，哈！」

「你們才太瘦了啦！看積克你胸膛硬得像鐵板似的，才適合拿來擋子彈吧！」

「這裡東西那麼難吃，吃了幾十年，不瘦才怪咧。倒是你為什麼可以吃到這麼胖呢？」

這一刻實在不應該表現得像個旅行團，但依洛沒打斷同伴們的嬉鬧。他們已經進出過戰場幾次，知道不安感就像沉澱物，太安靜就會快速積聚起來。而在這樣熾熱的氣氛下，某人的沉默卻反而引人注目。

「瑪格麗，村落距離我們有多遠？」依洛試著跟她搭話。

她眼睛望著遠方景物，卻沒有焦點。「什麼？」她心煩意亂地問道。

她很害怕，依洛醒悟。沒有軍隊護送，依洛有一種曝露在外的不自在感，擔心自己的魯莽行動會否為其他人帶來危險。

「往這個方向直走。」這時，瑪格麗回應了，然後不再開腔。

當小村莊出現時，他們一行人減慢了車速。依洛仔細觀察越來越接近的粉白土牆和屋頂。**沒有破壞的痕跡，但太安靜了**，他察覺到氣氛有點不妥，於是讓採訪隊在村口的土牆邊停下，自己和塞昂先下車觀察情況。

「我們是帷天報社，希望詢問一下你們的情況。」塞昂扯開喉嚨喊道。

沒有人出來，沒有人回應。

「勒普米桑，你在這裡嗎？」他再喊了一次。

「一個人都沒有——」積克站在他們身邊：「該不會是荒廢的村莊吧？」

「不太可能——」依洛質疑道。雖稱不上井然有序，但晾曬著的衣物、堆在房子旁邊的鐵鍋、雜物均充滿著生活的氣息，**難民應該不會留下這些東西，除非情況**

比想像中危急。依洛警覺起來，也許所有人，包括約翰，都低估了陣線的行進速度。村子中央的水龍頭正淙淙流著自來水，在地上形成一灘水窪，他順手把它擰緊。

「這裡有事發生了，我們找找看。但小心點。」

他們散開搜尋居民的蛛絲馬跡。依洛慢慢走向村落的背方。

風向一轉，黃沙中夾雜了一股像鐵鏽的葷腥氣味，「血！」依洛喊道，同時加緊腳步前進。腥臭味越來越濃烈，最後，他在一間民房後面找到源頭。

「見鬼！」他倒抽了一口氣，看著眼前的地獄。

一排屍體東歪西倒，有些頭上套著布袋，手被綁在身後，一看就知道是被集中處決的，地上斑斑駁駁都是瓦褐色的血跡。他一走近，一片蒼蠅飛揚起來，然後又聚集回屍體身上。

最接近的受害者沒有頭套，臉上仍可看出被毆傷的痕跡，很可能成為了最初的羞辱對象。他舉起相機，把一幅幅的慘狀拍攝下來。

「喔，天啊！」其他人聞聲趕到了屠宰場，塞昂開口道：「好久沒看到這種畫面了。」

「小心點，別踩到那副眼鏡。」

「什麼？」積克腳下應聲發出某種東西斷裂的聲音：「媽的！差點把我嚇死了。」

「在你踏下去前，它已經是碎的了。他們的裝扮都是城市人。」依洛看著屍體，眉頭緊擠：「毫無疑問是陣線那群人幹的，奇怪的是，他們竟然沒有拿人質來威脅政府，甚至沒有放話說要處決他們。這比較像單純的泄憤。」

「那不就是他們一直在做的事嗎？」塞昂拍了幾張照片後，拿布掩住口鼻。

「是他們一開始在做的事情，內戰後期他們偏好拿人質來提出要求。你剛也說了，我們已經很久沒看過這種慘狀了。」

「當中的激進派系吧！他們還會在這附近嗎？」積克緊張地環顧四周。

「不知道。要把那麼多人運來這裡處決很費工夫，這件事真的很詭異。」

「好的好的，我們不能換個地方再聊嗎？」

「沒錯，此地不宜久留。」依洛看得出塞昂和自己一樣，開始受不了刺鼻的屍臭。

然後，迅雷不及掩耳地一聲轟響，大地撼動，旁邊牆上的灰粉簌簌落下。依洛的耳膜迴盪著尖鳴。

「不！」「不！」「我們是記者，別殺我們！」

大夥搖著頭蹲下，用盡全力呼喊。

炮擊很接近，但不是落在村子裡。當依洛意識到這一點，他站起來：「安靜點！別暴露位置！」

可以看出那句話的效果卓著，因為下一秒所有人都閉上了嘴巴。在喘氣的旋律下，所有人都默默等待下一次的炮擊，依洛看到汗水滑落其他人油亮的臉頰，相信自己看起來也像一隻被唬嚇住的蟾蜍。當一分鐘過去，慢慢地，三人重拾了默契，依洛和塞昂輕聲走到空曠處觀察情況。

「炮火聲是在西邊傳來——」依洛憑印象指出：「陣線的人可能發現我們了，快點回到車上。」

他們一行人匆匆跑往村口。雖然依洛對剛剛的發現有著不少疑問，想要繼續發掘下去，但他知道現在最重要的是回到布馬瑞卡，讓村子的慘劇曝光。然而，當採訪隊踏出村口，他們馬上意識到出了問題。

車子似乎直接撞上了土牆。前方擋泥板因衝擊而凹陷，擋風玻璃則穿了一個大洞，裂出蜘蛛網般的細紋。司機菲利普倒在駕駛座，腦袋嵌著一塊不規則的泥磚，正汩汩流出暗紅色的液體。全車只有一具屍體，原先在後座的瑪格麗已不知所蹤。

「媽的！」積克一副想吐的樣子：「發生了什麼事？」

依洛深吸了幾口氣，總算擠出一句話來：「我們……我們先把他搬開吧！」

他留意到自己的口吻竟有點像軍人。**情況的確如此緊急，而我，必須當機立斷**。於是，依洛接下來用更堅定的語氣跟他的同伴們說話。

「我去找瑪格麗，你們趕緊回難民營。」

「什麼？」「別管她了！」

「不，我們要怎麼跟約翰解釋？」依洛想要讓同事理解他留下來的重要性：「而且，勒普米桑跟其他村民到哪兒去了？為什麼陣線要在村落裡把人殺掉？我需要把它查出來。沒時間了！別跟我爭辯！」

積克還想繼續說，但塞昂打斷了他：「隨他去吧！我不知道他在說什麼，但的確沒時間了！」

「謝謝……」

塞昂嚴厲地瞪了他一眼：「趕快回來，別死掉了。」

採訪隊一同把駕駛座的屍體搬到後座，氣喘著擠入車子。依洛看著採訪車遠去，車廂的搖晃程度媲美十級地震，而後頭的器材不斷發出昂貴的撞擊聲。之後，他毫無意義地用手擋住太陽，試圖凝望眼前一片刺眼的荒野，但在塵土找尋任何人的身影都很困難，尤其沙岩中長著的暗色樹叢更會讓人草木皆兵。他張望良久，都看不到瑪格麗的身影。

如果她仍躲在這地方呢？這念頭才剛浮現，遠方兩個移動的黑點已經吸引了他的注意力。一開始，他以為瑪格麗已跑得那麼遠，但那輪廓更像是某種車子……

兩部軍裝悍馬車。依洛馬上趴下，以免被他們發現。透過相機的長距離鏡頭，他看到其中一輛悍馬車後架著矗立的炮管，比一般的迫擊炮稍大。他毫不懷疑那就是剛才造成炮擊的元兇。而另外一輛車上，有人正用望遠鏡觀察著什麼。**那是我們採訪車逃跑的方向**，依洛震驚地意識到。

然而，那些人並沒有追上去，反而往西邊移動，緩緩駛離依洛的視野範圍。他匆匆拿出地圖，粗略估算悍馬車前進的路徑，最後判斷它們是往一個名為諾斯德的城鎮駛去。依洛從沒聽過陣線擁有這種軍用車。**他們從哪弄來這些新武器？**

他發現，整起屠殺事件逐漸變得撲朔迷離。**現有的線索太少了**，依洛決定先把心神放到搜索瑪格麗之上，然後回去報告這件事。他再次走入村落，逐家逐戶查找，而剛進入第二所民房，就看到瑪格麗滿臉驚恐地逃進內室。

「不，不是我！」她尖叫道。在他能做出反應前，她已關上門，用力頂著門板。

「冷靜點，女士！」依洛試圖打開那道門，但不成功，於是他改用較溫柔的語調：「我不清楚發生了什麼事，但這個地方非常危險，我們得馬上離開。」

回應他的是良久的沉默。依洛擔心她會做出什麼傻事，幸好最後聽到她在喃喃自語。

「……我沒有錯……」

「瑪格麗？」他問道，發現頂著門板的壓力小了一點。他用力推開門，看到瑪格麗正失魂落魄地癱坐門邊。「來，我們走吧！」他想要扶著她站起來，但她卻成了個洩氣的皮囊，毫無站起來的意欲。

「我、我只是叫他開車、他就撞了……」她驚惶失措，似乎在描述採訪車出事的原因。依洛考慮如何安撫她，卻突然留意到別的動靜。他打出安靜的手勢，但瑪格麗視若無睹，繼續解釋著。

細聽之下，空氣中傳來一片喧鬧，夾雜著引擎聲和對話。**又發生什麼事了？**這個無名村落的狀況多得讓依洛頭昏腦脹。

在眾多聲響中，依洛聽清楚了其中一句：「……來這裡！塞利特，你得過來看一下！有死人！」**塞利特**，這個名字讓依洛感到很耳熟……一瞬間，他皮下的肌肉組織收縮，毛髮統統豎立起來。**那個人是陣線裡頭的第二把交椅，負責統領實際的作戰行動。**

不能坐以待斃。他看了仍處於驚慌狀態的瑪格麗一眼，不知道該怎麼帶著她逃出去。然而，一切行動均為時已晚。

一個彪形大漢闖進民房，看到依洛和瑪格麗，立即大聲向外面呼喝：「找到兩個人！」然後拿步槍向門口比了一下。瑪格麗看著他，像是感到非常迷惑。當那人不耐煩地押著她出去時，她還尖叫出聲。

有水龍頭的空地已停泊著幾輛吉普車，上頭漆著民族自決陣線的字樣。

「這裡發生了什麼事？」一個高瘦的男子問道。

「我也不知道，我剛從邊境難民營來到這裡，幫助這裡的村民，然後就發現有些人被殺了。這位女士是難民營的職員，請放過她。」

「我認為你應該先擔心一下自己。你是間諜嗎?」

「當然不是!」他反駁道,扣著他的大漢阻止他的一切動作。

「那一個外國人在這裡幹什麼?」

「我是個記者——」

「那就是間諜了。帶他走。」

他的反抗軍部下扭著他往前走,其中有人拿著灰色的布條。依洛不發一言,看著它綁到自己眼睛上面。接下來的旅程,他就在透著陽光的灰色世界中度過。

凱旋(4)

到日落時分，軍警已開始搬空「證物」，準備把遊民押送到附近的軍營。在離開前，凱旋把握最後的機會，在大學裡頭打轉，試圖找出諾斯德文物的蛛絲馬跡。但原有的研究室滿是空蕩蕩的架子，地上散落著木條和防水布，許多器材被拆得剩下空殼。出土文物則不知所蹤。

戈丹在旁邊看著他翻箱倒篋，說道：「卡邁那邊應該差不多了，我們跟他到軍警的資料庫找找吧！」

凱旋用手背擦了擦額上的汗，感覺那是另一次的大海撈針，然而，他還是點了點頭。當他們踏出大學門口，遊民已被押上軍車，軍警正懶散地看管著他們。卡邁隊長就在門口等著。

「那我們出發吧！」

戈丹道：「卡邁，還有一件小事想要麻煩你。你那裡有沒有這些考古學家的紀錄？那麼多人總不能都像融冰般消失吧？」

「哈，這時期什麼都說不準啊！老兄。」卡邁拍了拍戈丹的背，哈哈大笑：「不過反正我晚上沒什麼事，那就幫忙看一下吧！等等你得請我喝一杯喔！」

隊長呼喝了幾下，命令車隊回去軍營，凱旋和戈丹則乘上卡邁的車子，出發到城鎮中心的警察局。一路上，諾斯德逐漸浮現出不協調的面貌，新舊建築交錯混雜，當中的居民緊盯著他們，眼神既警戒又不安。

在等交通燈時，附近一個垃圾堆窸窸窣窣地動了起來。凱旋驚嚇地望過去，只見一個老婦人身上掛著十多個不同顏色的塑膠袋，像變色龍一樣完美地融入周遭的環境，然後她又重新躺回垃圾堆中，目光根本沒有焦點。

「這個地方的氣氛有點奇怪。自從進入小鎮以來，已經有一打以上的住戶偷偷從窗戶裡面看著我們。」凱旋說道。

「外國人和軍警本來就很顯眼。這個國家正努力擺脫利斯的影響，那可不是件容易的事，仇恨可以埋藏起來，卻不輕易消失。避開眼神接觸，別做出任何挑釁。」戈丹叮嚀道。

卡邁笑笑：「別擔心，給他們吃點苦頭，他們就不會來找碴了。」

不一會，他們就到達了所謂的「軍警處」。看著那殘舊的外牆，凱旋的疑慮更加嚴重，而警署的室內設施非常簡陋，許多文件夾的書脊發黃積垢，不能辨認出任何文字。據隔壁傳來的各種鬼扯和咆吼聲推斷，報案室和審問室似乎是同一個地方。

卡邁和戈丹跑到後頭的檔案室，找尋加爾雷的線索，而凱旋則一邊喝著番紅花茶，一邊等待。他觀察得越多，就越對這個地方的治安失去信心。也許是日夜溫差的關係，空氣逐漸透著少許寒意。

突然，卡邁打開檔案室的門，手上拿著一張粉藍色的紙。

「哈，找到了，找到了！天啊！你真好運。我們調出了一份紀錄，上頭有人被搶啦！你看，屋主是麥・加爾雷。」

「他現在在哪？」凱旋不由自主地站了起來。

「讓我看看──」警長唸出紙上潦草的筆記：「一、二、三……呃，就三個月前他的房子被搶了。兩個傭人被殺，養女潔絲卡失蹤。已經派人調查，沒有任何消息。」

凱旋心中一沉，剛才的興奮感瞬間消散。**我們又轉回了起點**。

「這我們早就知道了，而搶劫的犯人就是今天我們抓的遊民。問題是，他有留下任何聯絡資料嗎？」

「沒有。上頭說他在搶劫前幾天就已經失蹤了。不過倒是有個電話。我看看，152-0978352262。呃——152開頭的，應該是從布馬瑞卡打過來的。」

終於有點進展了。凱旋像抓住希臘神話中愛瑞雅妮的線，開始一步步走出迷宮。他準備開口，卻被接下來的景象打斷。一個軍警驚慌地衝了過來，明顯上氣不接下氣。

「怎麼了！你的禮貌跑哪去了？」卡邁很不禮貌地斥喝他。

「不，長官……」那個軍警結結巴巴：「巴梅旺那邊……那邊打電話過來，說民族自決陣線的餘黨剛占領了合巴那裡的一條村，還殺了一些學生！」

「什麼？」

「媽的一群瘋狗！」戈丹首先反應過來：「竟膽敢在這麼近的地方撒野！巴梅旺有派軍隊過來了嗎？」

軍警吞吞吐吐：「這個……他們只說，那邊也不知道陣線的動向，要我們多加防範。」

「召回所有車隊，給我通知所有人！不管菜鳥、老鳥，統統給我到崗位上！」

卡邁大聲指揮，然後轉向戈丹：「戈丹，你可以幫忙問一下首都總部那邊的情況嗎？」

「當然了，我在那邊還算有點關係。」戈丹走過去撥打電話。

軍隊的人影來去匆匆，整間軍警處突然變得森嚴起來。一瞬間，凱旋留意到卡邁視線掃過他的方向，不經意流露出厭惡的神情。他突然發現自己變了一個礙事的人，卻不知道該怎樣反應。**我得趕快離開這個危險的國家。**從香港出發前，凱旋曾對這個國家的混亂局勢開了幾個玩笑，但從沒想過會真的會捲入內戰的漩渦，他腦袋和頸後的汗毛因驚恐而發麻。

而跟總部通電話的戈丹，神色則越來越凝重。「了解，長官。」「他們有多少人逃出來？」「這可不是嗎？肯定會把他們逼瘋的。」

待戈丹掛了電話後，卡邁問道：「哈，發生了什麼事？」

「一群廢物。上星期巴梅旺總部發動了一波清剿行動，不知是誰走漏了消息，讓一批陣線的人逃了出來。現在他們就在這裡附近到處亂竄，開始搶掠一些沒什麼警備的村落。」戈丹對卡邁說：「諾斯德跟巴梅旺之間的道路變得危險了，我們可能得在這裡待上幾個禮拜，這樣比較安全。」

卡邁對下屬吼道：「給我封鎖新聞，我不想看到一群恐慌的市民！」

接下來，他們開始爭論該如何探聽陣線的下落，而凱旋在這團吵嚷的風暴中，逐漸以局外人的身分冷靜下來。基本上，他在尼希諾尼亞的行程已經完結，既然加爾雷的熟人待在布馬瑞卡，他決定到那裡碰碰運氣，看能不能得知加爾雷的下落。

而且一個月後，非洲考古學聯盟的高峰會就會在它的首都馬達坎舉行。

非洲考古學聯盟，簡稱非考聯，是非洲甚具權威性的國際級考古組織，而其三年一屆的高峰會是很多埃及歷史學家互相交流的地方，也是尼希諾蘭考古局的出糗之所。由於鍾情於諾斯德文物，凱旋過去曾捐了一筆為數不少的款項給聯盟，而這次也希望藉公務之便，趁機會參加這一屆的高峰會。

因此，當戈丹問到他是否要留下來受軍警的保護時，他已經打定了主意。

凱旋說：「對我來說，最安全是趕緊離開尼希諾尼亞。這裡有路通往布馬瑞卡嗎？」

「布馬瑞卡？」戈丹想了一下說：「這裡可以經北面穿過邊境，不過很少外國人會走那條路，可能會引起不必要的注意。我認為你最好留在這邊，起碼有駐軍在，陣線的人不太敢攻進來。」

卡邁插嘴道：「哈，別管這個人了，戈丹。我們可能需要你幫忙！」

「不，我對凱旋的職責優先。」戈丹搖了搖頭：「我答應杜蘭要保護他的安全，可不能隨便跑掉。不管怎樣，我們也該離開了，免得妨礙到你指揮。」

「好吧！那就算了，你們自己小心。」

當兩人離開軍警處時，隊長正忙著調配人手，提防來犯的叛軍。抬頭一望，天色已轉為一片墨藍，於是凱旋和戈丹找了一間旅館，繼續討論去留問題。最後，戈丹同意先護送凱旋離開，並開始安排行程。

回到自己的房間後，凱旋湧現一股倦怠感。他大字型地躺在結實的行軍床上，耳畔隱約傳來隔壁戈丹的聲音。他正跟別人通電話，提到「貨車」、「關口」之類的名詞。

他突然思考起戈丹和卡邁這些人。戈丹在軍中似乎有些名望，卡邁甚至指望他出面解決問題。**杜蘭似乎真的派了一個厲害的保鑣過來呀**。對於這個保護著他的人，凱旋發現自己對他的認識竟出奇地少，雖然一路以來，戈丹的表現越來越值得信賴。而卡邁，他一開始表現得既無能又腐敗，但危機發生時卻又展現出指揮官般的氣魄。**動盪的國家，奇異的人們**。就在胡思亂想中，他逐漸睡著了。

第二天，凱旋和戈丹踏步在街上時，整個城鎮看起來仍未清醒。

「快點，走這邊。陣線的人隨時都會來到城鎮門口。」戈丹說。

凱旋皺著眉點頭，沒有拿開用來掩住口鼻的手帕。他身上的工人服滿是污漬，難以歸類的化學氣味撲鼻而來。偽裝成廠房工人是戈丹的主意，好減低他被搶劫的風險，凱旋原先也贊同他的計畫，直到他把偽裝拿在手上。**我唯一會遇到的生命危險，就是被這身衣服熏死。**話雖如此，他還是穿著它趕路。

諾斯德鎮的小巷既繁複又狹窄，幾個路口下來，凱旋已辨認不到自己所在的區域。當他們離開城鄉中心後，小鎮的落後程度變得更加明顯，形成一個龐大且毫無疆界的貧民窟。凱旋抬頭一望，一個窗戶上綁著衣服結成的繩索，恐怕是倉皇逃跑時留下的。**內戰的傷痕還在流膿，新的一刀又來了。**

他們經過一個坐在小板凳上看書的中年人，那人渾然不知危險將至，沉醉在自己的小世界中。凱旋瞄了一眼書頁，上頭是彎彎曲曲的尼希諾蘭文字。他驀然湧起想要幫助那人的衝動，告知他叛軍正往這個地方殺來。

凱旋低聲對戈丹說道：「卡邁不應該封鎖消息，市民有權保護自己。」

「同情心在這裡不是非常奢侈就是非常廉價，不論哪種都對他們毫無用處。記得先救自己，再救其他人。」戈丹沉聲警告：「別再耽誤大家的時間了。」

猶豫間，他們已踏入另一巷道，轉瞬失去那人的身影。

凱旋嘆了口氣，同意戈丹的判斷。接下來的半小時，他們默默地走著。然後，當天色逐漸透亮起來，他打破了沉默：「現在，我們到底要怎樣去布馬瑞卡？」

「我找到一間工廠，準備運貨到那邊的首都馬達坎。你偽裝成一個運貨員，待在貨車裡面就可以了。即使有人來查問，也別說話，讓工廠的人去應付。」

怪不得要我穿這種衣服。他問：「等等，運貨員就不用離境的文件嗎？」

「老實說，我們談的是比較、呃，非正式的渠道。在諾斯德發展起來之前，有些小工廠主要靠兩地走私來營生，其中部分走私的不只是……貨物。不管怎樣，我昨晚跟其中一家談攏了，他們答應下午就可以把我們送離這個國家。」

偷渡客。在公司的時候，凱旋聽說過邊境走私問題嚴重，因此知道戈丹的計畫有一定的可行性，但他還是有點擔憂：「等等，那我的出入境紀錄不是會有問題嗎？」

「才沒有人會管這種事。何況兩國之間的出入境法例有很多漏洞，擔心的話你可以之後補辦登記。」

沒多久，他們已到達一個小工房外，那邊停了幾輛貨車。一個魁梧的男子站在那邊，打量了他們一下。

「只有兩個人？這趟可虧本了。快點上車吧！」

依洛(5)

當車隊停下時，距離依洛被綁架已過了兩、三個小時。在呼喝聲中，他跌跌撞撞地走下車子。然後，眼前出現一片眩目的強光，他頭上的矇眼布已被扯掉。他眨眨眼，馬上觀察周遭的環境。那是一個破敗的城區，過往蓋了許多工廠，但現在只剩下骨架或空殼。路邊有著一輛被推倒的貨車，車身已被燒成焦炭。

叛軍押著他們往其中一所工廠前進。工廠的外牆被垢漬抹上一片暗灰，水泥結構明顯日久失修，多層塗鴉彼此遮蓋，如同一幅跨越時代的彩繪。走入門口，偌大的空間聚集了起碼一百個陣線的成員，而當看到塞利特一行人，大家都停下動作，面面相覷。一個胖子先開口了：

「看指揮官為我們抓到什麼？一個外國人！」

「一個間諜！我們要拿他怎麼辦？」「殺了他！」「軍法審判！」

「停一下，大家！」塞利特舉起雙手：「我會跟阿堡談一下這件事。他在哪？」

依洛(5)

「在裡面。」一個人指著車間的上方，處於二樓的控制室能俯瞰整個工廠。

「好極了，我先跟他談談，你們看好這個人。別傷了他。」

指揮官離開之後，幾乎每個人都不懷好意地打量著依洛。他感覺就像被丟進野狗群的新奇玩兒，引發了一輪刺激與嗜血。

一個魁梧的青年首先逼近，露出獰笑。「你們這些雜種還沒有滾出我們的地方啊？」

「看到你的樣子讓我想吐，娘娘腔。」他的同伴補充。

「我敢說他是個同性戀，每天被人雞姦。」他們大笑，像分享了什麼有趣的秘密。

「我……」

一陣劇痛打斷了依洛的申辯。在反應過來前，依洛的左太陽穴已辣辣的吃了一記，整個人倒在地上。

他腦海閃過一連串的責罵、吼叫、質詢、抗辯，然而最後卻咬緊牙關沒有出聲。他口腔進了一點沙礫，嚐起來既腥鹹又粗糙。不管我說什麼都沒有用，依洛醒悟。記得在當記者的初期，他已經留意到大部分人都任由成見掌控自己的思維，有些更根本沒打算溝通。

依洛腦筋快速運轉，讓自己冷靜下來。他刻意狼狽地從地上爬起來，問道：

「對不起，你們是誰？」

「我們不會告訴你任何事情，間諜。」

發揮你的所長，依洛。

「不，」他搖頭道：「你們沒有告訴過我們任何事情，」

那兩個青年沒想到他會這樣回答，一時間都愣在那裡。

「以後也不會——」當中一個狐疑地瞇細眼睛：「你到底想說什麼？」

「在世人的認知裡，你們兇殘成性，濫殺無辜，強姦婦女，那是因為你們沒有告訴過我們任何事情。」

「看來剛剛你那一下打得太輕了，我來保證讓他再也不敢羞辱我們。」

他同伴開腔，走了過來。依洛反射性畏縮了一下，但仍用力挺胸，凜然瞪著他們。**這沒用，他們聽不懂。**

幸好有人打斷了他們。

「夠了，別丟我們的臉。」塞利特已經回來，嚴厲地說：「我有事要問這個人。跟我過來，記者。」

霸淩二人組惡狠狠地瞪了依洛一眼，然後走了開去。依洛則跟隨塞利特走上樓梯，一路在鉼鐵板上踏出緊張的腳步聲。控制室裡除了護衛，還有一個皺巴巴的老人。他拉開椅子讓依洛坐下。

依洛猛然認出那老人正是陣線的首領亞堡提．穆罕默德．圖尼爾，他手足無措地坐了下來。

「看來你已經知道我是誰了，但在這裡請叫我『阿堡』。」首領臉上掠過疲憊的笑意：「怎麼了，你以為所有反對派的武裝分子都是既殘暴成性、不講道理的？我們不是所謂的恐怖分子，或者聖戰組織。我們只是一群被迫得走投無路的可憐人罷了。」

一群到處燒殺搶掠的可憐人，依洛心想。

塞利特插口道：「阿堡，我們經過合巴五村時，發現一群村民被綁起來殺掉，看起來像經過一場審判。我們就是在那裡發現這個人的。」

他轉向依洛，咄咄逼人：「說！是你們幹的嗎？難民營跟這件事有什麼關係？」

「當然不是！瑪格麗是無辜的，你們得把她放了！」依洛察覺到自己太衝動，於是放緩語氣道：「拜託，她對你們一點價值也沒有。我們從難民營來到這裡，準備接走村民，誰知道只有一堆屍體，看起來都像是些知識分子。而在你到達村落之前，我看到兩輛軍用的悍馬車離開，應該就是犯人了。」

「先假設他沒撒謊吧！悍馬車……你知道他們是誰嗎？」阿堡問塞利特。

塞利特回應：「我們可沒有悍馬車，不過其他派系就不知道了。這次穆衫都對我們所有人窮追猛打，有這種泄憤情況也毫不奇怪。」

「不能說得這樣事不關己，別人才不會管我們派系間的分別。我們必須譴責，免得壞了自己的名聲。」阿堡的皺紋加深了。

「剛好這個人是記者——」塞利特指出：「他可以替我們弄個聲明。」

「就這樣做吧！」阿堡說道：「不過我想要先跟這個年輕人多聊一下天。至於另外那個女人，我們晚點再作決定。」

「了解，那我先去忙了。」塞利特點了點頭，直接離開房間。

等了一會，阿堡開口道：「抓俘虜一向不是我們的做法。但我同意塞利特的看法，我們有必要把你留下來。」

「你希望透過我發送一些訊息給全世界。」例如在錄影機前公開行刑。依洛希望他們有同伴被抓起來，那他起碼還能當個交換人質用的籌碼。

「沒錯。我們每次行動都有發聲明，解釋我們的思想及行動，但效果都不如理想。」他的頭向旁邊一揚。那裡的牆面貼著密密麻麻的剪報，都是最近期的新聞。依洛幾乎不用細看也知道每篇的內容，但他還是匆匆瀏覽一遍。偶爾會有篇幅末段引用陣線的說法，但整體來說仍是一面倒的譴責。

陣線想要一個站在他們那邊的媒體，依洛醒悟，逐漸了解陣線為什麼要把他帶到自己的基地。雖然，他不知道綁架一名記者對這件事有什麼幫助，但陣線的意圖和他的目標可謂不謀而合。**目前好像沒有要把自己殺掉的打算**，依洛稍感寬慰，**我得趁機會把這裡的情況摸透**。

「不過現在別管這些報導吧！」阿堡說話，打斷了他的胡思亂想。

老人擰開了一個舊式的保溫瓶，倒了兩杯淺紅色的液體，依洛從它的香氣認出那是番紅花茶。阿堡感受到他的視線，問道：「你有喝過嗎？我們把番紅花曬乾，加點豆蔻和糖，這個對身體很好。」

「來到這個國家之後，還蠻常喝到的。」

「嗯。你知道嗎？這東西在二十年前還是有錢人的玩意，然後中國人教了我們怎樣去廉價種植，讓我們每天都能泡個幾次。」他呷了一口：「但代價是什麼呢？整個國家蓋滿了血汗工廠。以前我們在別的國家當奴隸，現在則在自己的國家。」

依洛知道自己應該謹言慎行，卻忍不住反駁：「在利斯和你們的努力下，大部分外國人跟廠房都搬走了，那不是你們想要的嗎？」

「我們許多人曾經是工廠的員工，我也是其中一分子。你們把我們國家搞得一團糟，結果拍拍屁股就跑了！」阿堡指著窗外，下方就是空蕩蕩的工廠：「看你們留下了什麼。之後，你們扶植了穆衫都政權，他們上台不到一個星期，街區就像經歷了一場八級地震，我家附近一棟房子被轟成水泥塊，一家六口無人倖免。我認識那家人，全都安分守己。我很確定，那不是我想要的。」

依洛回道：「穆衫都政權跟我們沒有關係。當然，有些外國組織會關心這裡的政治，但更多的只是單純想要幫助這裡的經濟發展及人民生活，像我們帷天報社和難民營，都不是你們的敵人。事實上，這幾年尼希諾尼亞愛滋病感染人數下降了三成，你們有了更多學校、馬路和港口……」

「——港口？哼。坦桑尼亞的鐵路在礦坑挖空後就荒廢了，你認為那個港口能存在多久？三年？抑或十年？黑色的金錢把我們統統變成奴隸，我們忍受夠了那種交易。就算以前沒有高樓大廈，我們還是活得好好的。但富庶過後的貧窮卻會讓人難以忍受，這就是你們帶來的毒藥。現在的年輕人什麼都沒有，又容易被煽動，許多人以為加入陣線是一個不錯的宣泄途徑，也是致富的唯一希望。但他們錯了，他們也中了這種毒。」

依洛發現自己有點跟不上這位領袖的思維。他反對年輕人加入陣線？

阿堡彷彿看到他臉上的困惑，繼續說道：「沒錯，記者，我們不會重走米葛斯・利斯的舊路。他的政府貪污、內耗，正如現在的政府一樣，早已經失去人民的心。這個國家要的是改革的風潮，我們要做一點事，讓所有人知道我們是國家的解毒劑！是新希望！而你將會是我們的見證。」

依洛一時不知道該怎麼回應。

「現在我得和那個女人談談了——」他對警衛道：「帶他下去，確保沒有人會找他麻煩。」

不容抗辯似地，旁邊的人馬上用步槍抵著依洛離開。

他的囚室是貨倉的一角。陣線成員在他的右腳鎖上鐵鍊，鍊條的另一端綑在粗大的喉管上，讓他的活動範圍縮小到四平方公尺。一眼望去，貨倉堆滿了不同種類的武器，最多的是加利爾自動步槍和子彈。接近依洛的架子上，有著數枝火箭炮，這是他第一次近距離接觸這種武器。它圓筒形的主體後方有著如同排氣管般的延展設計，還有許多複雜得搞不清楚用途的機簧裝置。

你將會是我們的見證。依洛回想起阿堡在說這句話時的狂熱表情，預感自己將會親歷一場恐怖襲擊。**一群草菅人命的暴徒已經夠糟了，上頭有著一個反社會的理想主義者，更是瘋狂行徑的催化劑**。他想著自己和瑪格麗的命運，希望他們的失蹤已引起國際的關注和介入。

而對於阿堡的計劃——不管那是什麼——他都懷疑自己沒辦法做到陣線所要求的事。當到達那一步，他和瑪格麗就性命堪虞了。

在忐忑不安的心情中，他開始渡過一天又一天的人質生涯。

凱旋(5)

「那邊的海關真的沒問題嗎？」凱旋的皮膚對身上的髒衣服起了反應，他手臂上冒出了點點紅疹，發癢難耐。

「半天之後我們就會到邊境哨站，那裡只要塞點小錢就能過去了。」戈丹回應道。貨車沿著日久失修的柏油路面往北駛去，當偶爾輾過一些龜裂的坑洞時，車廂內所有東西都會彈跳一下。兩人擠在車頭後方的狹窄車廂，窗戶小得僅供透氣，凱旋望向外面，視野範圍內有著不少多刺的灌木叢，散布在路邊和山岩之上。附近看起來空無一人，但戈丹仍不時緊張地觀察後方。

在公司的會議上，凱旋已不止一次聽說邊防哨兵的腐敗情況。他們薪俸雖低，賺的錢卻不可思議地多，有時甚至會故意延誤貨物的出口，好去敲詐一筆通行費。由於天高皇帝遠，類似的行為屢禁不止，想到這裡，凱旋有點慶幸自己公司主要靠港口來運輸貨物，那邊的海關可沒有那麼猖獗。

「中途有廁所嗎？我的膀胱可撐不了那麼久。」凱旋問道。

「我們可以停下來到路邊解決，也可以等到加油站時借用。不過，看到那邊的廁所，我敢肯定你會寧願選擇路邊。」

「沒關係，我願意賭看看。」

直到下一個加油站，已過了四十六分鐘車程，讓他的膀胱幾乎撐到了極限。他們下車後，只見到一個油站職員癱坐在破爛的沙發上看電視，絲毫沒有服務他們的意欲。司機走向職員，而凱旋則匆匆趕赴洗手間。**我賭輸了**。還沒有踏入門口，附近的空氣已充盈著令人窒息的惡臭，比他曾到過的風化區公廁更要糟糕。他迫使自己在穢物堆中閉氣小便及逃離。洗手的步驟也被省略掉，因為水龍頭根本沒有水。

凱旋踏出洗手間，重新呼吸，正好聽到戈丹對他呼喊：「凱旋，快來看，正在播叛軍的新聞！」

他跑過去，聽到電視機傳來一把有條不紊的聲音。

「……三天前，軍隊發動了一次襲擊，將陣線驅離了他們在首都近郊的據點。專家指出，民族自決陣線可能是出於報復，才襲擊沿路的村落，並屠殺學者……」

在主播報導時，螢幕下方也出現一系列的字幕：「……知名的戰地記者依洛於襲擊現場失蹤，據信已被陣線綁架……」、「……陣線發言人仍未就襲擊作出任何聲明……」

這次鬧得真大啊，凱旋專注地看著。接著，新聞開始播出圖像，包括介紹被綁架的外國記者，還有採訪隊伍在逃跑時，所拍攝到的裝甲車。這時，畫面閃過一排頭像，是被屠殺的死難者——

凱旋突然停住，腦海翻騰著，我肯定認得這些人。他苦苦思索，卻記不起曾經在哪兒看過他們的相貌。

「戈丹，你對這些人有印象嗎？」

他的詢問得不到任何回應。他轉過頭，發現戈丹正目瞪口呆地望著螢幕。「怎麼了？」

「呃，沒事、我沒事。」戈丹突然口舌不清起來。

他顯然已想起他們是誰，凱旋警覺，開始聯想這幾天碰過面的人。我們首先去了撒加大學，遇到一群遊民、卡邁、撒加大學……

「期刊！」他大喊：「考古局的期刊！快拿來給我！」

戈丹有點呆滯地望著他，像不理解他所說的話。笨蛋，那就在我的背包裡面，

凱旋想起來。他瘋狂地翻找著考古局成員的照片，終於在其中一頁停了下來。沒

錯，在新聞報導中，被屠殺的都是考古局的成員。

「考古局。那當然了，我真是個白痴。」戈丹過來看著照片，喃喃的道。

他知道一些內幕。他走向戈丹。

「老兄，你到底想到了什麼？為什麼陣線要屠殺考古局的人？」

「我不摻和進這趟渾水了……」戈丹答非所問，有點心不在焉：「我就護送你到這裡。你自己小心，我會直接回去巴梅旺，跟杜蘭說我不幹了。」

「什麼？」凱旋一頭霧水：「昨天你才說過以保護我的安全為優先，可不會隨便跑掉！你現在要把我丟在這個地方？」

「好啦！別再為難我了——」戈丹的眼神移開：「工房的人會把你送到布馬瑞卡，不管有沒有我的幫忙都一樣。」

剛剛的報導像打開了他的什麼開關，讓他突然變了個人。凱旋驀然發現，他的確一點也不了解這個保鑣。這時，戈丹已走到貨車的位置，正對司機解釋：他得中途離開、司機得繼續護送凱旋過關、他準備找軍隊的人來接他……

凱旋忍不住過去，把戈丹拉到一旁。他大聲質問：「到底發生什麼事？你發現什麼了？你不說清楚可別想跑掉。」

戈丹臉色脹紅，看起來有點窘迫：「我能說的是，你越快離開這個國家越好。別再去管考古局的事，也別要把我拖下水！聽著，現在面對的危險是你不能想像，我不能處理的。趕快離開！」

他頓了一頓：「對了，拿著這個，代替我來保護自己。」

然後，他把一個金屬裝置放到凱旋手上。凱旋低頭，竟看到手上多了一把自動手槍，既冰冷又沉甸。他張口，卻不知道該拒絕還是道謝，戈丹似乎把他的猶豫當成接受，拍拍他的肩膀，拉著他回到貨車。凱旋一時間手足無措，任憑自己被推入後座。

「等一下……」車廂後面的貨物開始搖晃，貨車已發動了引擎。他眼睜睜看著自己逐漸遠離加油站，戈丹的人影則變得越來越小。

回過神來，凱旋突然對手上手槍的感到一陣恐慌，並湧現將它脫手的衝動。他不知道該拿它怎麼辦，甚至不知道自己為什麼要把它收下來。接著，困惑和狂怒猛然爆發，凱旋不敢相信戈丹竟這樣子把他丟下。

到底怎麼了？他再回想剛才的新聞及他所知道的事。一開始，政府決定廢除考古局，而現在叛軍又涉及其中，好像每個人都迫不及待想要鏟除這批考古學家。他發現自己像陷入了沙塵暴中，與諾斯德文物有關的一切，都變成一片飛捲的熱砂，狂暴又急速地環繞著他，讓他看不到完整的景象。戈丹似乎是弄懂了什麼，卻不願告訴他。

戈丹認為我可能會用得上手槍。兩旁的山壁開始峭拔，山巒像土黃色的雙臂環抱著貨車，凱旋盯著黃藍二色的地平線，忖度著前方可能會遇上什麼危險。在非法出境的過程中，一把手槍可能引發的後果是他不能預料的，他考慮著把它丟出窗外，最後一轉念，卻收到褲袋之中。**以備不時之需**，他心想，**情勢實在太混亂了**。

接下來的車程，他一直思考為什麼陣線要殺害考古局的成員，為什麼戈丹這樣驚慌……他想得越多，就越理不出個所以然來。**只好寄望在非洲考古學聯盟找到答案了**。他拿出一張抄寫著電話號碼的紙條，那是卡邁隊長找到的唯一線索。**這個人可能也知道一點事**，這時，貨車經過一個收費站，狹窄的山谷地形逐漸開闊，地平線的遠方開始出現一些民房的蹤跡。

城鎮到了，凱旋警覺起來，**我們已接近哨站了嗎？**

貨車一路駛到市中心，然後停了下來。當司機下車，打開車廂的門時，凱旋問道：「我們為什麼要停下來？」

司機大笑起來：「我們已經到目的地啦！老兄。」

什麼？凱旋不敢置信：「剛剛那個收費站就是邊境哨站？」

「對啊！有夠鬆懈。不是嗎？」

凱旋感到一陣虛脫。他原先一直對偷渡出境提心吊膽，最後卻竟是如此無風無浪。因此，當司機索要比原先高的金額時，他懶得再討價還價，用一把鈔票打發了他。

走到街上，凱旋操緊那張紙條，一邊掃視附近有沒有賣電話卡的商店。也許是這個原因，他猛然想起溫主任和小葉。**糟了**，在諾斯德行動的幾天中，他完全沒有跟別人聯絡過。他慌忙地在街上搜尋，終於找到一家便利店，剛好有賣可以上網的電話卡。

手機上顯示他有上百個未閱訊息，十分觸目驚心。他歎了口氣，把畫面拉下去，發現其中小葉和溫主任的查問占了很大部分，而公司一些不太認識的人也有發訊息過來。他撥打到原先下塌的酒店，希望他們還待在那邊。

「哈囉——」他剛開了個頭，對方的反應遠比想像中激烈。

「凱旋的電話！」他聽到小葉對遠方喊道：「叫董事長過來！」

凱旋還來不及說話，話筒對面已傳出一連串碰撞的雜音。噢，天啊！

小葉說道：「董事長擔心死了，他一知道你在這邊出事，就馬上飛過來了。他——他來了。」

「凱旋？」現在他父親已搶過話筒，聲音相當憤怒：「你在哪兒？」

「我剛到了布馬瑞卡，現在準備到首都馬達坎去。你怎麼來非洲了？」

「你還問我？」喬四海停頓下來，深吸了口氣：「我來非洲，是因為你證明了自己的觀點，那就是尼希諾尼亞的局勢已變得相當危險。如果我們打算從這裡撤資，我當然得親自過來坐鎮。」

那個老不死的工作狂，凱旋露出苦笑。

喬四海繼續說道：「對了，你說你已經在布馬瑞卡？那剛好，我有個工作給你。」

「什麼工作？」

「幫公司在馬達坎弄個新的辦公室。我聽溫主任說，你建議我們將運輸線從尼希諾尼亞轉移到布馬瑞卡，那是一個不錯的方案。我們過幾天就會去馬達坎，直接成立一個分部。哼，我還以為利斯倒台後，民族自決陣線就會樹倒猢猻散，誰知他們還在興風作浪，真是個沒救的國家。」

不久之前你還堅持要留守呢！凱旋心想。幸好他還打算待在布馬瑞卡一段時間，參加非洲考古學聯盟舉辦的高峰會，同時找出諾斯德文物的下落。

因此他沒多加抗辯，就接受了這個新的任務。

掛了電話後，凱旋加入大街中熙來攘往的人群。他有聽說最近幾年布馬瑞卡的景氣變差，但仍看出當中的人民仍維持著忙碌的生活。他在狀態更新上報平安，順道開了個玩笑。接著，他瀏覽有關考古局的最新報導：

「尼希諾蘭政府和叛軍仍在互相指謫」、「北方邊境心惶惶」、「布馬瑞卡的難民營增加軍隊」、「專家指叛軍已躲到南方的山區或僻遠小鎮」……

一篇篇文章看下去，他對諾斯德文物的執念越來越強烈。他決定找到加爾雷，詢問他考古局到底發生了什麼事。他撥打手上的電話號碼。

「哈囉，請問你認識麥・加爾雷先生嗎？」

「我就是加爾雷。」對方的聲音緊繃起來，像警戒著什麼。

依洛(6)

依洛被劫持已近一個月。

他不用像囚犯般在牆上刻痕來計算日子，也清楚已過去了二十六天。期間，他甚少得知外界的資訊，也不知道他的失蹤到底引發了多大的騷動。想到自己可能已淪為國際新聞的主角，他就不禁在苦澀中感到諷刺。偶爾，他會想到菲利普，這時粗淡的食物就更加難以下嚥。

十一日前，塞利特讓他在鏡頭前宣讀了一紙聲明，內容主要是他很安全，而民族自決陣線是全尼希諾尼亞的希望等等，依洛想要提醒他們這樣做只會適得其反，引人大加鞭撻。但他記得一些記者俘虜的下場，決定不去直接挑戰他們的權威。

除了那一次以外，其餘的時間他都在貨倉渡過。阿堡在囚禁依洛的地方設了守衛後，其餘的陣線成員沒有再向他謾罵。然而他們日夜看守，卻始終不發一言，彷彿他並不存在一樣。有些晚上，他會睡不著覺，只好瞪著牆壁上的水管發呆或胡思亂想，例如陣線打算對他進行宗教或政治洗腦，或者藉囚禁來粉碎他的意志等等。

那些鐵管粗如手臂，上面的亮漆已經剝裂。

但今天不一樣。當阿堡出現時他就知道了。他後面跟著幾個人，依洛留意到他們已經穿上軍用服裝。

「有好些日子了，依洛先生。」老人說道：「這裡的環境不是很好，我是知道的。他們有給你什麼衛生用品嗎？」

依洛如實回答：「我每天都會拿到兩塊濕毛巾，可以給我擦拭身體。」

「那就好。」阿堡隨意的點了點頭：「今天，你跟我們一起出去，拍幾張照片。」

有事要發生了。他的相機被他們沒收後，就沒再接觸過了。「你們打算發動新的襲擊嗎？」

「我們打算清理這個國家最骯髒的地方。」他說完後，就背著雙手離開。幾個手下走過來，開始解開他身上的鎖鏈，並再次用灰布蒙上他的眼睛。

在被押解的過程中，依洛即使看不見，也察覺陣線所有人都蔓延著緊繃的情緒。幾個人將他推上車子。**他們準備襲擊某個地方，還強迫我親自記錄他們的毀滅過程**。

相較於上次的路程，這次車隊經過的路線比較平坦，行進的速度也比較快。他推斷陣線正沿著馬路前進，這代表他們的目標是人煙稠密的區域，這讓他感到非常不安。**這樣的一隊武裝車隊，大剌剌地駛在路上，應該會引起尼希諾蘭政府的警覺吧！**他如此寄望著。

但不知怎地，到達目的地的漫長路程中，竟沒有遭遇到政府軍絲毫的迎擊。

「下來！」車子停下來後，一個陣線的暴徒扯掉他的蒙眼布。

依洛眼前出現了一棟四層樓高的建築物，外頭有著粉紅色的圍牆，結構有點像是一所學校。附近的民居零落，分布在較遠的地方，因此這間房子顯然就是陣線的目標。他一邊走向陣線的集合地點，一邊觀察周遭的環境。

他沿著圍牆往前走，看到陣線已把這個地方重重包圍。裡頭傳來幾下槍聲，陣線的人呼喊著「回去！」、「回到樓上！」一些女人發出尖叫。**這裡到底是什麼地方？**依洛有點疑惑——直到他看到牆上漆著的「德肅孤兒院」幾個字，他不由自主地倒抽了一口氣。**天啊！他們要攻擊孤兒院？**

「各位兄弟！」這時，旁邊的空地傳來一聲呼喊。依洛認出那是指揮官塞利特的聲音。一眼望去，那裡聚集著大部分的叛軍，中央處有一個少女跪在地上，臉上滿是懇求的表情，淚水不住滑落。

塞利特站在吉普車的上方，指著孤兒院：「一個孤兒院。但他們拿這個地方來幹什麼？來經營妓院！在偽政府的默許之下！看看腐敗的穆衫都怎樣沾污了我們神聖的土地！」

他舉起手上的步槍，仰天吼道：「所以，我們會先從這個這裡開始洗刷，為了重建我們國家的道德！」

天哪，他們要把她殺掉。依洛胸口一熱，衝出去跑到所有人跟前。

「你們的對手是軍政府——」他指著那個驚恐的少女，「不是一個手無寸鐵的弱女子！讓孤兒院裡頭的人離開，她們就會有改過自身的機會，也能把你們的教誨散布出去！」

「她們只會散播不潔和毀滅。」指揮官不屑的回答道。

「毀滅？」依洛大聲質問：「你看看她！她到底能傷害什麼人？」

大家沉默起來。塞利特緩緩開口：「她傷害了整個民族。」

在依洛反應過來前，他已經扣下了扳機。一串槍響，女人如同失去支撐的布袋般倒下，地上噴了一抹血花。

「我們聽夠這個人的廢話了……」一個陣線的人說：「趕緊把他也殺了吧！他在故意拖延我們，好讓政府軍趕過來。」

那個懷疑在他們中引起了一陣騷動。這時，在一旁的阿堡開腔道：「放心吧！即使消息傳到政府那裡，他們也不可能在半天內組織好軍隊過來，在離開前我們還有時間在餘燼上撒一泡尿。至於這個記者我們另有安排，把他綁到車後面。」

塞利特對阿堡點了點頭，然後對著其他成員大喊：「現在，我們要清乾淨這個國家的膿瘡！殺光他們！剷平整間妓院！」

一聲令下，剝奪了陣線成員僅存的猶豫和良知。他們大聲呼喊，混雜著亢奮和盲目，甚至在依洛大聲反駁、試圖爭辯時，也沒有任何人想要再去理會他。他不知被誰架著，拖向卡車的方向。在那頭，幾個人正忙著分發槍枝，而背後，火箭炮尖銳的發射聲突然響起。

那曳長的鳴笛正式宣告屠殺的開始，架著他的人轉頭望向孤兒院，手上的力度不經意地減低了。依洛意識到那是他唯一的機會。

他狂亂地掙扎，雙手一推，抓住他的人倒就在地上。他混亂地左右觀望，準備朝沒有人的方向跑去，但每個方向都有著陣線的成員，而少數注意到這件事的人開始喝罵。

「嘿！」「停下！喂，他要跑了！」

「別管了，快點殺掉他！」

他如同被困在拖網的魚群，左右衝鋒，可以活動的範圍卻越來越少。當上方傳來尖叫，他才發現自己被迫到孤兒院的牆壁之下。我完了，依洛自暴自棄地想，舉起雙手打算投降。他才一抬頭，就剛好與一個拿著火箭炮的陣線成員四目交投，甚至清楚地看到他臉上的訝異……

「不！」依洛呼喊，聲音瞬即被呼嘯而過的火箭炮彈掩蓋。他胸膛發出強烈的警號，雙臂不由自主護住頭頂。突如其來的下一秒中，他被某種看不見的東西撞飛，身體炙熱和疼痛地打轉，像一個翻滾的空汽油筒，最後一大片硬物擊中了他的背部。

殘餘的意識中，依洛認為自己躺在某個地方，但他毫無實感，只知道痛苦已超過他所能感受的極限。而時間，同樣變成了無意義的一個概念，它與傷口、噪音、光影混雜在一起，持續不滅。無聲又尖銳的高頻迴響淹沒了他，一直維持，直到他聽到了一個聲音。

「……啊……」某處傳來微弱的氣息，而且具有不知名的意義。最後，依洛驚覺，那是源於自己喉嚨的呻吟聲。「啊……」他再嘗試一次，慢慢找回自我：「嗚，啊——」**我還活著**。他淺淺地吸了一口氣，努力忽視瞳膜上沒有消退的光暈。

他雙手逐漸回復知覺，於是依洛支撐起身體，讓上半身挨著牆垣坐著。**好痛**，他身上到處都是傷，但四周景象逐漸清晰起來，代表腦袋已重新運作。他看到眼前的孤兒院冒出黑煙，**裡頭的人可能已成為一具具焦屍，運氣更糟的會被燻死**。唯一值得慶幸的是，他被爆炸的氣流摔到一面牆上，反而救了他一命。

依洛確定自己只昏迷了很短時間，因為清醒過來後，牆垣背後傳來熟悉的吵雜聲——陣線仍繼續著他們的暴行。一個墨綠色的東西飛過依洛頭頂，他認出是個啤酒瓶。土製的燃燒彈在孤兒院的外牆上爆成碎片，裡頭的液體飛散、燃燒，沿著剝裂的牆壁流下。

當下，絕望和恐懼攫住了他的思緒，他的處境仍然岌岌可危：前方是焚燒中的建築物，後方是殘虐的野蠻人，僅有半截牆垣遮擋他們的視線。他是落入陷阱的小動物，無處可逃。

依洛(6)

「那個記者呢？他在哪？」

依洛的心突地一跳，他混亂地看著四周，找尋更安全的藏匿處。這時另一個人回答他。

「我看到他衝了過去，應該被燒成灰了。真是又蠢又沒用，不知道老大留著他幹什麼，可能是用來當個寵物吧。小豬豬烤焦了，要是老大問起的話……」其他人大笑著起哄。

如果說，依洛對陣線成員的良知有過什麼期待，現在也已經煙消雲散。他緊咬著下唇，把身體再縮小一點。

「大家再退後一點！煙花匯演要來了！」背後傳來警告的呼叫。

依洛才剛掩住耳朵，數發火箭炮已再度響起，那致命的炮火劃破天空，拖著幾串長長的白色軌跡，他看著其中兩個彈頭飛入孤兒院最上方的一層。

依洛屏住了呼吸。

牆壁和爆音同時飛散。而伴隨著巨大的陰影，一截好幾公尺長的水泥柱轟然落在依洛前方。那巨大的瓦礫挾著雷霆萬鈞之勢，直向他碾壓過來。**我要死了**，在眾多的死亡方式中，他從沒想過是被建築物的碎片夾成三明治，而生前最後的感覺是肋骨斷裂，萬千碎片倒插入肺部。面對末日降臨，他緊緊閉上眼睛。

然後黑暗中，正前方一下沉悶的崩塌聲傳來。

依洛心臟的跳動聲比過去每一刻都要響亮，但無盡的等待卻逐漸變得詭異。**太久了**，他發現自己沒有變成肉醬。他再等了幾秒，然後虛弱地張開眼睛。

瓦礫硬生生嵌入地上。事實上，它砸開了一個地洞。依洛拖著乏力的身軀，顫抖地爬向剛剛朝他咆哮的死神，它周遭的泥土塌陷了一部分，幾道沙塵形成的瀑布正流入小洞中。

一個成年人應該能勉強通過。在五分鐘內連續經過兩次死亡關口，依洛無暇探究孤兒院為什麼會有地下空間，就毫不猶疑地爬了進去。一些泥沙跟著他灑落地下室。

他狼狽地摔在磚地之上。

他當下就察覺上方洞穴並不是唯一的光源。粗陋的牆上，數盞煤油燈正發著光，在他旁邊，天花板垂吊著幾個手掌大小的鐵環，引起了他的注意。

他環顧四方，被眼前的景象震駭住。

這些就是原因，不甚通風的環境和煤油味讓他感到一陣暈眩。驟眼看來，密室布置得像中世紀歐洲的酷刑室，然而除擺滿了虐待的工具外，現代化性玩具的數量之多，可謂觸目驚心。鞭子、鐵架、假陽具……他厭惡地避開附近的小鐵環，不去想像它原有的功用。

這個國家最骯髒的地方，依洛記得阿堡這樣形容。

一下幾乎不能察覺的窸窣聲傳來。

他扭過頭，眼光掃視到一團正在扭動的黑影，不禁向後跳開。那東西也隨即反應起來，縮在牆角的更深處。油燈的餘光下，映出了一雙充滿恐懼的眼睛。

天啊！是個小孩。

凱旋(6)

「你的出入境證明全都弄好了。」小葉進門，興奮地揮舞著紙張。

「做得好——」凱旋在一堆公司的文件中抬起頭來：「那有查到任何考古局成員的下落嗎？」

「沒有。我看了新聞，自從合巴五村的屠殺事件以來，官方和網路都沒有提到其他教授或學生的下落。而我們在布馬瑞卡開展業務的消息，已經傳到尼希諾蘭政府那邊，現在他們還沒有與我們翻臉，但已不再有求必應了。」

這一個月以來，凱旋跟隨他父親四處奔波，尋找生意夥伴，並規劃新的航線。從早到晚的緊密行程，讓他幾乎沒有空管諾斯德文物的事，只能叫小葉多加留意，收集更多資訊。但夜半無人之時，諾斯德文物卻頻繁出現在他的夢境裡面，令他輾轉反側。

來到非洲之後，他越來越在意它們的下落，像是一道在腦中炙燒的謎題，令他的追尋化成了某種執念和使命。現距離非洲考古學峰會不到三個星期，他準備在會議上提出考古局被追殺的現狀，希望能引起國際社會的關注。

小葉繼續說道：「不過，有關下個月的高峰會，我倒是查到會出席的教授和列席者名單。」

「嗯，給我看看。」凱旋立刻掃開桌上的航線圖，清空位置。

小葉把一疊文件放到桌上：「上頭沒有考古局的成員，不過那個加爾雷也在名單上面。」

「什麼？」凱旋感覺自己彈了起來。第一次撥通後，那人就不再接聽自己的電話。當時凱旋幾乎絕望了。

他匆匆瀏覽名單。**只有參加者的名字……**文件看來是從非洲考古學聯盟的網站上印下來的。「太好了，安妮教授也有參加，她是唯一有將諾斯德文物寫進風物誌的人。等等，每個參加者都應該有填寫聯絡地址，你可以查到加爾雷住在哪裡嗎？」

小葉回道：「呃……我是從他們網站的一個分頁中找到的，但就只有名字而已。我不是駭客，不能進入他們的資料庫。」

難道要等到下個月的高峰會，才能找到這個人？凱旋皺起眉頭，拿著那份網頁資料翻來覆去，但卻沒有什麼有用的東西……他心念一動，馬上抓起旁邊的電話，撥打過去。

「你好，這裡是非洲考古學聯盟。」

他故意裝成氣喘的樣子：「我是喬凱旋，準備參加下個月高峰會。我和我朋友，麥．加爾雷，約好一起參加峰會。但我來到之後，他卻沒有在原先約好的酒店出現！」

聽到對方在敲打鍵盤，很好，她在查資料了。那秘書回道：「加爾雷，對，他有報名參加。」

「他在說住在哪裡嗎？」

「我們有他的資料，但是我不能——」

凱旋不給她喘息的機會，立刻把語氣調節成最驚慌的級別：「——不，不！妳聽我說！我昨天收到他家人的通知，說一直聯絡不上他，我也一樣！他留的電話是0978352262，沒錯吧？但卻一直沒有人接！我在象草皇宮酒店門口等了他老半天啊！不，他是不是出了什麼意外？我得報警……！」

「但他的聯絡地址是黃鳥酒店……」那秘書的聲音非常疑惑：「會不會是你們

弄錯了？」

「什麼？噢不，不是象草皇宮？他應該也等到快瘋了。謝謝你——」凱旋掛了電話。**天啊！真好騙**。

小葉忍不住笑了出來：「老闆，你真天才。那我們要到他住的地方找他談嗎？」

「不，我先再跟他談談。」

「哈囉，我是之前跟你通過電話的凱旋。」凱旋再次撥打加爾雷的號碼。

「又是你？」

「加爾雷——」凱旋溫和地說著：「聽著，如果我是你的敵人——不論那個人是誰——我早就找人把你從黃鳥酒店中抓出來了。但我只是一個對文物感興趣的普通人，希望和你見個面。拜託，請你相信我。」

對方沉默了一會：「你可以再說一次你是誰嗎？」

於是，凱旋向他解釋自己乘公務之便的考古旅行，逐漸對考古局及諾斯德文物產生狂熱的興趣。十五分鐘後，加爾雷似乎採信了自己的說法。

凱旋問道：「到底考古局發生了什麼事？」

他清楚地聽到對方歎了口氣。

「唉，說來話長。你既然知道我的地址，那就在那酒店的餐廳碰面吧！到時我們再詳細聊聊。」

在計程車把凱旋載到黃鳥酒店的途中，凱旋仍不敢相信自己的好運。他感到自己的腎上腺素急速飆升。

酒店門外站著兩個重裝軍警，兩個搜查員。沿著刷白的圍牆望過去，也能看到穿著同樣裝備的人在巡邏，還帶著一隻警犬。搜查員仔細檢視凱旋口袋裡每一件東西，金屬探測器來回掃動，嚴密程度媲美911之後的美國海關。

「加爾雷先生等會就會下來，請你先行用餐。」接待員露出一口潔白的笑容，領他進入旁邊的餐廳。

餐廳地面鋪著這個國家少見的紅漆木，典雅的風扇掛在天花板，扇葉緩慢地划動著空氣，吧台的酒保望了他們一眼，繼續專心地刷著玻璃杯。類似的環境對凱旋來說一點也不陌生，甚至可說是賓至如歸——如果它出現在峇里島、杜拜的海濱，而非在這等窮鄉僻壤的話。

黃昏的光從庭園照入室內，在灰塵中形成一幕幕光柱。他走出去，決定在設有遮陽傘的露天座位上坐下，希望這氣氛能讓加爾雷產生暢談的意欲。侍應幫他倒了一杯冰水，然後安靜地等候差遣。

從他的位置，可以看到民房的陽台，上頭正晾曬著一張張被單，棕色的底面繡滿了重複的圖案，驟眼看來像瑰麗的波斯地毯，凱旋不禁猜想那是刻意的設計，試圖為這個地方加添人情味。周遭的牆壁則裝飾著傳統伊斯蘭式的圍欄，隔絕了外面的一切喧鬧，把空氣轉化成為靜謐。

隔了一道邊境線，就是天堂和地獄的差別。凱旋知道這國家也稱不上多安全，但起碼這裡就有些保障。這時起了一陣微風，原先無聲的棕櫚樹和被單輕輕擺動，葉子窸窣著同意他的看法。庭園的燈亮起，四周開始昏暗，有點催眠的氛圍。

「真和平，對吧？」

一個穿著白色西裝的人出現在他眼前，臉上堆滿諂媚的笑容。他看起來超過四十歲，有著猶太人的膚色及五官，一頭油亮的白髮梳得貼貼服服。

「沒錯，難怪你會從尼希諾尼亞跑到這邊。」凱旋伸出手：「加爾雷教授，我一直都想要跟你見面。我聽說了你的損失，真是遺憾。」

加爾雷回握，咧嘴道：「沒錯，那是我們好幾個月的研究。這些日子以來，我一直忙著把東西從這裡搬回紙上。」他輕敲了自己的額頭。

「天啊！別告訴我你逃出來時只帶了腦袋，」凱旋微笑道：「那些諾斯德文物還好嗎？」

教授看起來很謹慎：「它們很安全，一個可以信任的朋友正替我保管著。」

「看到你悠哉地在這裡渡假，我願意相信你的話。那就是我在這裡的原因，想要去看看它們。」

「真的嗎？我還以為，這個世界已經沒有人管我們的研究呢。」

凱旋聽不出那是感慨還是諷刺，他決定先岔開話題：「別這樣說。對了，有關你的女兒，她已經沒事了嗎？」

「女兒？」他眼睛移到左上方：「噢，你一定是在說潔絲卡。你認識她嗎？」

「不認識。我發現你家被盜賊搬光了，最後只找到一些贓物，他們告訴我有位小女孩不見了。」

「對啊！那些軍人真該死！沒用啊！連間房子也看不好！」加爾雷開口咒罵。然後他咳嗽了幾聲，有點浮誇地揮舞右手：「潔絲卡啊……其實是我一個已故朋友的遺孤，她父親在學運時被利斯抓去槍斃，所有教授都把她當是自己女兒，當然我也不例外。我看她可憐，主動收留在家裡，想不到竟然會遇到這種事。那些兇徒在搶完我家之後一把火把它燒了，我只希望她能逃出來。」

你就這樣放棄她了？凱旋問道：「考古局到底發生了什麼事？陣線為什麼在追殺你們？」

「利斯的餘黨……」加爾雷苦起一張臉：「天曉得那群瘋子在想什麼。他們以為我們在幫新政府做事，而且跟利斯的倒台有關，但我們什麼都沒做，只是單純的搞研究而已。幸虧我洞燭先機，逃了出來，要不然就落得跟其他人一樣下場……要是我有跟其他同事聯絡上，我肯定會把他們接到這裡，尼希諾尼亞對我們來說太危險了。」

比起你們，我更關心文物的下場。他問：「我也去過撒加大學，那裡變成了個名副其實的廢墟。可以請你告訴我，那些文物有受到破壞嗎？」

聽到這條問題，加爾雷喝了一口清水。

放下水杯後，他才緩慢地回答：「很多都沒了，幸好剩下來的仍足夠我做一些研究。不過，如果這些珍貴的寶物再有什麼損傷，那我就難辭其咎了。」

你在隱瞞什麼？凱旋開始對眼前這個人產生厭惡感。「那就在下個月的峰會把它們拿出來，讓國際組織接管吧！我們得保護它們不會再被破壞。」

他認為這句話很合情合理，沒料到加爾雷的反應卻變得非常激烈。

教授臉頰變紅，他啐了一口：「非洲考古學聯盟那邊根本毫不在意我們的發現！在上次峰會，他們否定我們的研究成果，我們實在氣不過才離開會場的。我聽說我們走了之後，他們仍大肆嘲笑我們。太過份了！簡直枉作學者！」

那是因為你們打算欺騙他們，凱旋記得考古局替諾斯德文物杜撰出埃及神話的背景，甚至偽造證物，而加爾雷正是他們的一員。他說：「我相信當文物處於這麼危險的環境時，他們的態度會有所改變。」

「我很懷疑。」加爾雷俯身過來，近得凱旋可以聞到他髮膠的味道：「但就算如此，把寶物免費送給非考聯？他們只會把它們當成垃圾，你看他們這幾年的態度就知道了。不，那可是我冒著生命危險帶出來的東西！只有尊重它們、知道它們的價值的人才值得擁有。一些像你一樣的人。」

噢，真相大白。怪不得你願意冒險見面。凱旋發現了加爾雷的目的，**你想要把文物賣掉**，他對加爾雷感到一陣鄙夷，但仍然不動聲色，以免引起對方的警覺。

「很高興你這麼看得起我。」凱旋轉移話題：「對了，我看到你有報名參加高峰會，但是登記的是旁聽席。為什麼你不以學者的身份加入討論？」

「非洲考古學聯盟根本沒有邀請我們參加這次的會議——」加爾雷說：「我只好先進入會場，到時趁機加入討論。他們總不成把我架出去吧？何況這次會有人站在我這一邊。」

「誰？」

「安妮教授，一個老權威。她前幾天來到這個國家，我們通了電話，還約好星期四碰一次面。她願意幫我們考古局說話。」

依洛(7)

為免再度刺激到她，依洛停下腳步。在微弱的光線下，那小女孩曝露在外的一雙赤腳，映出深褐色的光澤。腳趾不自在地交疊著，像在躲避依洛的視線。

上面仍隱約傳來房子的剝裂聲，間中夾雜一兩聲爆響。

「哈囉！我是依洛。」

黑暗中的一雙眼睛如貓般猜忌。她不確定地望著他，沒有答腔。

「我是個記者。還有其他人在嗎？」地下室大約七、八百尺，只有一道樓梯通往上層，那裡有著一道密封式鐵門。他估算了一下位置，應該是通往孤兒院的內部。他想到，在炮火的轟擊下，這個密室可能是最安全的避難所。

可能還有人活著。意識到救援工作刻不容緩，他衝上樓梯，準備拉開門閂，開門讓其他人進來避難。

「不！有火！」他後方傳來一聲驚恐的呼喊。

門把立即燙掉依洛手指的一層皮膚，疼痛使他反射性地縮開手臂。同時，熱力隔著厚門直逼過來，感覺就像沒蓋好的烤爐。如果不是過於急躁，依洛早應在女孩警告他之前感受到熱風。**她是對的，這裡不行了。**

大氣飄著稀薄的焦臭，室內的暗光搖曳，他焦躁地望向鐵門，既無助又悲哀。「有人嗎？」他大聲對著前方喊道，並屏息等待。但回應他的僅有樓層被破壞時的悶響，縱使飄來一兩聲哭喊，也是似有若無，感覺非常遙遠。

他將注意力放回女孩上，**她可能是唯一的生還者了。**依洛回想起那聲警告的呼喊，那是她心防的一道裂紋，鑿開了對話的空間。他清了清乾涸的喉嚨。

「謝謝妳，不然我就要被煮熟了。」他舉起雙手：「不用害怕，我不會傷害妳。」

依洛慶幸地發現她沒再挪開身子，反而緩緩走入燈光範圍內。突如其來地，他深深吸入一口煤油味道的空氣，猛然咳嗽起來。她的臉龐純潔而無辜，足以讓人忽略房間的醜惡背景，而他對此尤其感到痛心。**他們竟然連這樣的小女孩也不放過。**

在他的注視下，她喃喃地動了一下嘴巴。

「對不起，妳說什麼？」

「我說，我叫潔絲卡。」像剛修好的收音機，女孩的音量逐漸放大：「你是誰？」

「依洛，一個戰地記者。我原先被民族自決陣線擄走——」我得讓她信任我。他指一指天花板：「就是正在轟炸這裡的那群人——幸好地面被砸穿了一個洞，我就逃進來了。妳想要聽聽我的故事嗎？」

潔絲卡打量了他半晌。

「你看起來不像記者……」她問道：「他們不是都有相機嗎？」

依洛苦笑了一下：「當然，那是我的寶物，但陣線把它拿走了。妳有聽說過帷天日報嗎？它是布馬瑞卡的一家報社，我就在那裡工作。」

「是陣線的人把你抓到尼希諾尼亞的嗎？」

「不是——」他笑了：「我們先坐下來吧！得等到上面的人離開才安全。」

他們盤膝坐下後，依洛繼續問道：「妳是尼希諾蘭人嗎？」

她點點頭，反問：「你會帶著我逃跑嗎？」

他回答道：「當然了，布馬瑞卡收容了許多這個國家的人，我覺得那裡會比較安全。在被俘虜之前，我正在邊境的難民營作採訪。」

「新太陽之地。」潔絲卡突然說出這幾個字。

「新太陽之地？」依洛疑惑地重覆道。

「在尼希諾蘭語中『布』代表『新』，『馬瑞卡』就是『太陽』。布馬瑞卡的人都是從尼希諾蘭移居過去的，他們想要在那裡建立新的生活。所以自它立國以來，兩個國家一直是兄弟之邦。」

「妳真厲害。妳是從哪知道這段歷史的？」

「我爸爸曾經是個考古學家。」

曾經，依洛留意到她用了過去式。他們慢慢地聊開，潔絲卡的臉上的肌肉開始放鬆，回的話多了起來，讓依洛逐漸得知了她的過去。他發現她雙親在學運中死去，後來被寄養在父親一位同事的家中。然而，禍不單行，那人的家遭受搶劫，她在逃跑時又被人口販子盯上。

可憐的女孩，依洛感覺到這些悲慘經歷糾纏著她，如同陰影般徘徊不去。正當她說到自己被擄拐到這個地方，潔絲卡突然變得結巴：「然後當我……他們……我、我……」

災後心理創傷，依洛曾在許多戰爭受害者身上看到過。他用手掌輕輕覆蓋她的小手：「不用說下去。沒事了、沒事了。」

「……我……他們……」她喉嚨仍被無形之手扼住。

「閉上眼睛——」依洛突然想起一個急救方式：「閉上眼睛，讓我試試看。別害怕，那是一個醫生教我的。」他托住潔絲卡的臉，拇指貼上眼皮，然後輕輕地來回按摩。依洛從來沒實際使用過這種急救技巧，事實上，他早忘了課程的細節。他努力保持手指的平穩，忽視喉嚨的乾燥感。**不能讓自己的恐懼傳到她身上**，依洛。

但不管怎樣，那方法奏效了。潔絲卡平靜了下來，揉了一下紅腫的雙眼：「謝謝，記者先生。」

「不客氣，而且叫我依洛就好——」

他再次猛然咳嗽。心念一動，依洛抬頭望向四周。悶熱的環境令空氣變得沉重又渾濁，房間景物變得暗淡，他突然醒悟到自己的腦袋也遲鈍起來，沒能察覺到越來越明顯的煙霧。

「有煙進來了！」他慌張地拉起潔絲卡，朝堆著瓦礫的洞口跑去。

陽光下灰塵亂舞，他胸口的窒悶感立時減輕了不少，可見嗆鼻的濃煙不是從那邊湧入的。洞的上頭仍傳來一些人聲。**他們怎麼還在？真的想要撒泡尿才走嗎？**他和潔絲卡已經聊了差不多一個小時，再等下去，地下室就會布滿致命的濃煙。情急下，依洛已顧不上危險。

「我去上頭看一下，妳留在這裡等我。」

看到潔絲卡點了點頭，他胸口的緊張感重新擴散起來。他小心翼翼地攀上傾斜的瓦礫，碎裂的水泥非常粗糙，他燙傷的手指磨出了血水。當爬到地面的位置時，依洛如老鼠般探頭觀察周遭環境。

孤兒院仍冒著火苗，到處都是辛辣的災難氣息，幾根幼鋼筋自水泥中曝露出來，已被巨力扯得歪歪曲曲。樓層像乾冰一樣，冒出體積比它大幾倍的濃稠黑煙，彷彿受難者的哭號有了形體，一直翻滾到天際。

他爬出洞口，躲到牆垣後方察看。

「聽著！你們這些人！」依洛認出塞利特的聲音：「你們住在這個地方，竟然容忍自己的土地存在這樣的邪惡，難道你們已經忘記我們的神了嗎？」

大約有五十人跪在空地上，手放到頭的後面。依洛從衣著判斷他們都是從附近抓來的民眾。陣線的人已不再攻擊孤兒院，轉而看守著那些市民，而塞利特居高臨下，站在同一輛吉普車上發表演講。阿堡全神貫注地觀望著，不時對塞利特點頭示意，老人背對著依洛，但站立的位置距牆垣不到五公尺。

在跪著的人質中，他突然認出了瑪格麗。她頭上包著黑色頭巾，神色恐懼，卻不像是有受到傷害的樣子。

「記住我們今日正義的制裁！」塞利特的嗓門很大，聲音透著自豪感：「即使你們忘了我們土地的精神，甚至默許腐敗的存在，但我們還記得！穆衫都一直想要剷除我們，但我們現在就要告訴他，他必定會繼續面對長期的游擊戰，我們的戰線會不斷擴大，我們的軍隊也是！」

陣線眾人揮舞手上的武器，大聲歡呼。

「這家孤兒院披著行善的外衣，裡頭卻充滿齷齪的勾當，正就如同穆衫都的腐朽政權！想要加入我們的人，留下來。想要閉起眼睛掩著耳朵的懦夫，就躲回你們的床上，等待這個國家連骨髓也爛掉！」

他等待了一會，像是在期望著什麼。但沒有人膽敢做出任何動作，只直挺挺地瞪著地面。塞利特再開口時，口氣似乎有點失望。

「我們不會濫殺無辜，但你們也要記住，站在穆衫都的一方，就是邪惡的共謀者！回到家後，你們好好想想是否支持這樣的一個政府！」

接著，他囑咐了旁邊的手下幾句話，然後走下吉普車。

「回到家後」，依洛聽到這句話時鬆了一口氣。他們打算放瑪格麗離開。陣線的一些人開始收拾東西，其他人則押著群眾離去。他們要走了，我們就要安全了。依洛決定再在地下室待上一會。在人來人往的叛軍中，他再次冒險攀下深坑。柱子在攀爬的過程中搖晃著，在坑洞邊緣，更多的泥沙應聲落下。

然而，潔絲卡正在咳嗽，表情顯得非常痛苦。可惡，沒時間了。

「我們得先上去……」依洛躍到地上，發現整個空間更加鬱悶難耐。「陣線的人還在，我們先躲在牆壁後面。來，爬這裡。」

依洛蹲下身子，讓潔絲卡踏上他的肩膀。

「快！妳先上去！」他扶住混凝土柱，上面的潔絲卡已抓住一根外露的鋼筋，小腳踝在他的肩膀和頭上胡亂踩踏。突然，她的重量消失了，依洛抬頭，看到她的裙擺已離開洞口。

不知道是大火蔓延，或是其他原因，煙霧洩漏的速度急遽上升。他透了一口氣，噁心感卻一湧而上。嗆鼻的煙霧向上冒升，攻向他的眼睛。每口咳嗽都令他更加難受，濃煙卻不由自主地竄進氣管。他感到唾液在喉管黏稠著，彷如乾涸的泥淖。求生意志在他體內尖叫，他緊抓著柱子上方，用力將沉重的身體往上拉。一吋，再一吋，他慢慢移近上方的亮光。

突然，眼框上方一陣暈眩。

他不知為何鬆開了手，正緩慢、輕盈地飄落地上。在逐漸模糊的世界中，他的肢體不再緊繃和抽搐，而詭異又濃郁的睡意向他襲來。

凱旋(7)

非洲考古學聯盟在布馬瑞卡有著一棟五層樓高的純白色大樓。從門口走進去，凱旋就看到大堂正中矗立了一座仿製的方尖碑，花崗岩上刻滿象形文字，讓埃及帝國權威延續到這個地方。四面牆壁也掛著跟埃及傳說有關的擺設：莎草紙、壁繪、阿努比斯和荷魯斯的等身雕像……**完全沒有諾斯德文物**。看到這狀況，凱旋再次認清自己的目標有多麼艱鉅。

在登記進入時，辦事處的秘書突然認出了凱旋。她問道：「是你！我記得是你打電話過來，你最後找到那個朋友了嗎？」

「喔……對啊！」凱旋心虛的回話，比了比在後方排隊的加爾雷。然後，他禮貌地點點頭，趁機和小葉搭話，避免回答那秘書的其他問題。登記完後，他往安妮博士所在的會議室走去。不一會，加爾雷跟了上來，手中的木箱顯然也順利通過了檢查。**這裡的安檢不足啊！**凱旋想著。

到了三樓的一間房間，一個老婦人正專注地看著筆記本，見到他們一行人，就優雅地站起身。

「幸會，幸會。我是凱旋——」他伸出手：「不知道您還記不記得我，我曾經跟您通過電郵。那時候我正在研究諾斯德文物，而教授您的書幫了我不少。」

「之後我們還在討論區中交換過觀點。」老婦露出慈祥的笑容：「很少人對非洲少數部落的歷史有興趣，願意專門研究某一類文物的人就更少了。那麼年輕，真是難能可貴啊！」

安妮博士的眼袋因年老而變得深色，瞇眼時更給人快睡著的錯覺，但凱旋知道她比外表看起來更精明。她是唯一重視諾斯德文物的國際學者，但名譽沒有因上次的醜聞而受損。**嚴格來說，在上次的高峰會上，她論文的嚴謹性正是考古局毀滅的關鍵。**根據安妮的研究，諾斯德文物是三百多年前的產物，這為其他學者提供了攻擊考古局的武器。

現在，這位博士的注意力轉而被加爾雷手上的箱子吸引住。

「加爾雷，真高興你沒有出事！噢，你還帶了東西過來？」

驚異的神情中，她帶著一點期待的意味。**一件諾斯德文物**，凱旋剛才一直猜想裡頭的東西，**加爾雷想要賄賂她**。

果不其然，加爾雷博士介紹道：「這是其中一塊出土的泥版，請收下這份禮物，算是我們考古局的一點心意。」

「實在太感謝了，上次我來……」安妮博士頓了一下，然後說道：「它已經有正式的學術捐贈文件了嗎？」

加爾雷陪笑道：「我還沒有去申請——」

安妮博士打斷他：「——那我就不能將它帶走了。不過，或許你願意讓我們可以先看一眼？」

「我會儘快弄好文件，」加爾雷承諾。他從自己的袋子中拿出鐵橇，準備拆開封死的木箱：「我需要幫忙。」

小葉走過去幫忙，兩人把封著的木條連釘子一同拔起。

「你們怎麼不用普通的箱子就好？敲釘子會震傷裡頭的文物！」安妮皺眉。

加爾雷回應：「別擔心，裡頭有防震用的布，會很好地保護著它。」

他們拆開粗糙的木框，裡頭的硬物被塑料布包裹著，然後繞上數圈膠帶。凱旋看到安妮博士眉頭再次皺了起來，而即使不是專業的考古學家，他也知道不應這樣處理它們。

凱旋幫忙解開包裝，痛苦地留意到布面沾上不少細微的粉塵，褪開布料，裡頭是塊由泥土捏成的圓餅，直徑約四十公分。泥版中間是一個凸出的圓形，周遭環繞著向外擴散的鑿痕。**毫無疑問，那是一個太陽**。它顯得簡陋而粗糙，但其歷史價值無庸置疑，**上屆高峰會那群人都是瞎子**。想到它超越時間和空間，被幾個異邦人仔細鑒賞，凱旋不禁有些感慨。

「馬瑞卡泥版。『馬瑞卡』，也就是尼希諾蘭語中的『太陽』。」安妮向凱旋解釋，然後轉向加爾雷：「我記得過去出土了三塊，這是其中之一嗎？」

加爾雷回答：「事實上，這已經是第五塊泥版了。它是兩年前出土的。」

「真的？讓我看看。」聽到這句話，凱旋退開讓安妮博士仔細研究。

加爾雷說道：「上頭的沙是掘出來時附著的，泥版本身還沒有時間做激光除垢。說起來，我們把所有儀器都留在大學裡了，那些損失可真夠嗆的。」

凱旋也記得當中的情況：「沒錯。上個月我才到過大學，那裡已變成一個賊窩，裡頭的儀器都被打成了廢鐵。」

「我有聽說過，那真是學術界的一大損失。」安妮拈起泥版散落的一抹塵土，像在衡量它到底有多重：「不過話說回來，諾斯德文物的土質非常脆弱，跟美索不達米亞的陶版不一樣，激光除垢可能會損壞到文物本身。無意冒犯，但考古局對文物的處理比我想像中更不專業。」

「這……其實……」加爾雷期期艾艾的搭不上話，窘態畢現。

「不正確處理只是小事情——」凱旋轉入正題：「諾斯德文物現在面臨的狀況比這個危急得多。內戰和政治鬥爭正破壞這些歷史遺產，我已經寫信給聯合國教科文組織，但沒有收到他們的回覆。博士妳是諾斯德文物的權威，如果連妳也袖手旁觀的話，那它們就會從人類的歷史中消失了。」

「稱我為『權威』太抬舉我了，喬先生，我只是寫了一本書而已。」安妮博士謙遜地說，然後轉向加爾雷：「不過，我同意教科文組織應該多關注這次的事件。我會再跟愛德華談談，他在最近的屠殺報導之後，就一直想要幫助你們。話說回來，加爾雷，你有聽說偉文教授嗎？他前天打電話到這裡求救，說有十多個考古局的成員正在逃跑，愛德華已經安排他們過來避難。」

愛德華博士是我們的盟友？太好了。凱旋記得他是非洲考古學聯盟的主席，而且更多的考古局成員出現，當中總有人會知道諾斯德文物的下落。**這是數星期以來最好的消息**。他望向窗外，陽光正把遠景蒸得沸騰。

「真的嗎？」這時加爾雷非常激動：「他們沒事真的太好了！陣線迫得我們四周躲藏，我只知道好一些人還留在尼希諾尼亞，不過已經幾個星期沒有收到他們的聯絡了。哈！」

凱旋咧開嘴：「而且，愛德華會幫助考古局成員，代表非洲考古學聯盟也在關注諾斯德文物的下落！」

「人命和研究是兩回事——」安妮搖搖頭：「在高峰會上，大家可能關注叛軍屠殺考古學家的問題，但不代表他們會同樣對待諾斯德文物。無意冒犯——尼希諾蘭部落在非洲文化中算是很不起眼的一個旁支，如果考古局的遭遇讓其他人對它們產生興趣，固然是件好事，但我恐怕沒有那麼順利，尤其是上屆的……事件之後，很多人都認為它們沒有多少價值。」

凱旋的情緒被澆熄了一些：「那我們得想個辦法，把大家的注意力吸引過來。」

加爾雷插嘴：「沒錯，現在我們有兩個最重要的目標。第一，是讓世界重新肯定諾斯德文物的歷史價值；第二，保護好我們。安妮，妳知道偉文在哪裡嗎？他們什麼時候會離開尼希諾尼亞？」

「這個可能要問愛德華了。」

「那我得去問他一下——」加爾雷開始收拾東西：「他人在這間大樓嗎？」

凱旋看著他把馬瑞卡泥版裝回箱子，驚訝他竟如此重視同僚。安妮怔了一下，回答道：「他的辦公室在五樓，不知道會不會在。我帶你們過去好了。」

結果，秘書告訴他們愛德華教授剛好有事離開，要等半小時才會回來。他們只好一邊等待，一邊滑手機打發時間。

這時，安妮博士不經意地開口：「對了，喬先生。我一直很好奇，為什麼你會去研究諾斯德的文物？」

凱旋笑了起來：「妳可能不相信，但原因是我家的老傭人。」

「傭人？」博士挑起一邊眉毛，顯是引起了興趣。

「他叫札菲，出生在尼希諾尼亞，大學時唸的是外文系。我們公司剛來到非洲時，他當上了我父親的翻譯員，幫上了一點忙。然後——大概過了幾個月吧——他叔叔發酒瘋把一個老頭打死了。」

「噢，老天！那真可怕。」

「受害者的親人要他們的家族賠償『血錢』。天曉得這裡的法庭是怎麼運作的，但整個家族得為一個人的罪行負上責任。反正到最後，債務就落在收入最高的札菲身上。他不夠錢賠給受害者的家人，我爸知道這件事後，墊支了好幾個月的工資給他，替他解決了問題。」凱旋揮揮手，繼續說：「不過，那些都是我們熟絡後才知道的事了。在我五、六歲的時候，札菲突然出現在我家門口，帶來滿滿一個膠袋的羊奶酪餅。然後對我爸說：『我來還血錢了。』哈哈，現在看來他只是來投靠我爸而已，但那時我覺得他很可敬、又很可怕，尼希諾尼亞則變成了一個神秘的國度。從那個時候開始，我常纏著要他說家鄉的事。」

「於是你長大後就決定研究他們的文物——？」安妮笑了。這時，她的眼睛轉到凱旋身後：「愛德華主席，太好了！我們終於等到你呢！」

凱旋轉身，看到一個西裝畢挺的老人，一頭白髮下有著粉紅色的肌膚。他友善向大家打招呼，然後問安妮博士：「怎麼了，我什麼時候變得這麼受歡迎啦？」

「這位是加爾雷博士，不知道你有沒有印象，他是尼希諾蘭考古局的成員。」

「對、對，我們見過。」愛德華主席點了幾下頭：「太好了，你已經從尼希諾尼亞逃了出來！我有聽說過，那邊的局勢非常不好。」

「沒錯，我過來就是想問你這件事情——」加爾雷滿臉堆笑：「剛才我們跟安妮聊天，她有提到偉文教授曾經跟你聯絡。這是真的嗎？我已經很久都沒有聽說同僚們的下落，非常擔心他們的安危。他那邊有多少個人？」

「十來個吧！現在都躲在帕玲繯高原附近，我也不知道實際數字。最近民族自決陣線太猖獗了，他們發現過去的藏身處開始變得不太安全，決定先離開國家，過來這邊避避風頭。我們計算過行程，應該能在高峰會前通過指節谷，趕過來說明一下那邊的狀況。在會議上，我們可以討論怎樣保護其他的考古學家，屆時聯合國教科文組織也有人在，他們說不定會伸出援手。」

凱旋在心中繪製出尼希諾尼亞的地圖。**帕玲繯高原，距離合巴東村太近了**，他插口問道：「那裡是陣線的勢力範圍，處境非常危險。他們應該再加快離開的步伐。」

愛德華主席轉過身來：「你是……？」

一個對諾斯德文物有興趣的商人。凱旋覺得這個說法很古怪，於是他遞上自己的名片，回答道：「我是喬凱旋，最近家族生意拓展到了這個國家。因為業餘興趣是考古學，所以上來請教一下安妮博士。」

愛德華看著名片，眼睛亮了起來，凱旋知道他想起幾個月前的一筆捐款。

他跟凱旋握手，拍了拍他的手臂：「幸會啊！喬先生，我一直都想要和你見面，可惜都沒有機會呢。我記得你有參加下星期的高峰會吧？我們之後會有晚宴，請你務必賞光。」

「當然了——」凱旋決定把話題拉回來：「其實除了埃及文明之外，我對一些部族文化也有興趣，像尼希諾蘭人的歷史之類。」

「怪不得你會找上安妮了，我敢說，她可是這方面最厲害的專家。」愛德華頓了一頓，續說道：「對了，偉文他們會耽誤的原因，是因為那邊好像沒有統一的意見，有些人還想先去接一個叫潔絲卡的孤兒。真是的，自己都自身難保了。」

「什麼？」「潔絲卡？」

凱旋和加爾雷禁不住驚訝地跳了起來。凱旋沒想到竟然會聽到這個名字。

「你們認識她？」愛德華露出恍然大悟的表情：「啊！對了——偉文說她是攸基利安博士的遺孤，加爾雷你當然認識她了。」

「攸基利安死後，她成了我的養女……」旁邊的加爾雷吸了一口氣，問道：「她發生了什麼事？」

「你可能還沒有聽說——」愛德華面現悲戚：「兩日前，民族自決陣線把德肅孤兒院炸爛，死了好幾十人，最後只有兩個人獲救。她是其中一個生還者。」

依洛(8)

依洛被漆黑的怪異感包裹著。這一秒，他感覺自己像是虛空中的一點；下一秒，意識就突然占滿了整個空間，這過程反反覆覆，抓不到任何距離感。在慌亂中，他用力睜開眼睛。

四周熱鬧了起來。迷幻的白光在不停轉動，像淡化了色彩的萬花筒。他每次深呼吸都會發出奇怪的抽氣聲音，像隔了一層薄膜。不，他鼻子上的確長了個奇怪的東西，**那是呼吸器**，他的腦袋辛苦地運轉著。人影和雜音越來越清晰。

「……他醒了嗎？他沒事了嗎？」

依洛嘗試說話，驚訝自己的聲音悶悶的，而且非常虛弱：「為什麼……？」

「他很好。」前方傳來一把聲音，一個黑影靠近了過來：「你剛剛說話了嗎？你能聽到我嗎？」

「我在哪裡……？」一句完整的話冒了出來。

「戴馬達坎醫院，你在布馬瑞卡。」聲音的主人粗魯地掰開他的眼皮，拿電筒照他的眼睛：「你睡了四天，不過現在沒事了。」

他放開手，繼續說：「好了，我還有別的病人。他再躺個幾天就可以出院了，手續上有什麼不明白的就找樓下的來問吧！」

什麼？醫生輕率地檢查和態度讓他困惑起來，但依洛才剛打算抗辯，他已經頭也不回地離開了房間。有一個人追著出去，大喊道：「等等！就這樣？」

依洛這才發現，原來積克剛剛一直待在旁邊。等了一會，當他的大部分感知都回到身上時，積克憤然回到房間，口中不停嚷著這個醫院有多爛。依洛有很多問題想問，決定不去計較這點小事。

他吃力地開口：「我之前……在德肅的孤兒院……之後，發生了什麼事？」

「那個女孩潔絲卡，把你從德肅孤兒院救了出來，然後瑪格麗把你帶進邊境難民營，聽說勒普米桑也安全回去了。當時你可把所有人嚇壞了，領班，你吸入太多濃煙，醫生說你差點就救不回來，不過也有可能是他誇大病情罷了，那個江湖郎中。」積克突然想起什麼，興奮地說著：「對啦！你立大功了，羅德知道你睡醒一定會衝過來。我得趕快通知他，現在你就先好好休養吧！」

聽到瑪格麗已經安全，他心頭輕鬆了一點。「……潔絲卡呢？她現在……在哪裡？」

「她還在尼希諾尼亞。除了你之外，她可是孤兒院唯一的倖存者，尼希諾蘭政府想要知道發生什麼事。昨天她的監護人冒了出來，正帶著她到處接受訪問。我有跟她通過電話，她一直很擔心你。對了，那些人口販子的事已經曝光，我們搶到了國際頭條。

你昏迷期間發生了很多事，我就從頭開始說吧。一開始尼希諾蘭政府還算不錯，他們收到消息後，決定去掃蕩孤兒院，而且讓我們派人跟著。去到那邊，陣線的人已經離開了，所以我們有非常充足的時間去調查。當時潔絲卡解釋發生了什麼事，於是軍人們就往地下的樓層打洞，掘開了一個七百呎的密室。那個地方真是恐怖啊！你絕對想像不到那篇新聞到底引起了多大的轟動，連紐約時報也有人過來。但那之後，尼希諾蘭政府有人不滿意我們的報導，於是她的監護人正計劃帶潔絲卡過來，讓這邊的政府提供保護。」

口腔有些乾涸，依洛說不出那是沮喪還是悲憤。他九死一生才找到一篇獨家新聞，結果卻躺在床上，任由別人把成果拿去。

積克看到了他的表情。他帶著歉意說：「雖然不是由領班你來執筆，不過我們的文章中提到是你找到那個地下室的。老實說，領班，你被陣線抓了四個星期，然後突然出現在人口販子的巢穴，這已經是個傳奇了！要不是這破醫院申請了禁令，這裡早就被同行擠滿了。你情況一穩定，羅德就打算把你轉到首都最好的醫院，到時你就得接受我們的疲勞轟炸啦！對了，你家人聽到消息，也正在趕過來。」

「告訴他們我沒事。」依洛的心情稍好了一點，他問道：「為什麼尼希諾尼亞想要掩蓋這件事？難道有政府高層涉入其中？」

積克側首想了一下：「也有可能，不過最主要的原因是有些人開始認同陣線。當他們把孤兒院轟爛的時候，可想而知引起了公憤，尼希諾蘭政府匆匆發了新聞稿，對他們大力鞭撻，譴責他們濫殺無辜。但我們的報導讓事情變得複雜化，大部分人仍然同情受害者，但一些激進的宗教份子冒了出來，贊同陣線的行為。現在政府封鎖了現場，對我們也不怎麼客氣。我們大部分人都暫時撤離尼希諾尼亞了，只有弗拉得留在那邊看情況。」

「那個話癆？看來你們真的很討厭他啊！」依洛虛弱地笑了。他同時憂心起來：「潔絲卡的處境很糟糕，我們得趕緊把她接過來。」

「沒錯，不過你應該再休息一下，這些事由我們操心就好。」積克突然想起什麼，開始翻找口袋：「對了，這是我們拍的照片。」

他把一疊照片遞到依洛眼前，開始一張張展示。第一張是德肅孤兒院的廢墟遠景，組成房屋的結構體像積木般散落，不少碎片彈射到上百公尺的距離。下一張，積克拿著大塊金屬，上頭染了一層瓦黑，巨力把它揉成不規則的形狀，已看不出原來的用途。

其餘的照片中，依洛看到曾是一樓的地方只剩下半邊空殼，另外半邊被瓦礫的碎片堆滿。二樓不可思議地半懸掛著，沒有燒著的天花板被濃煙燻得墨黑。

當然也有屍體。在大樓中許多人都被搬到空地上，並排著包上灰布。依洛看到部分肢體露了出來，有些皮膚被燒得溶蝕在一起。

其中一張是躺在地上的少女。她寬大的眼睛並沒有凝結著憤怒或是恐懼，相反，她的眼神渙散，像痴迷地欣賞某件東西。在先前的照片中，他看得出孤兒院沒有任何室外防火梯，他恐怕倖存者只有自己跟潔絲卡兩人。

「啊！差點忘了，我們在合巴五村逃跑時拍到了這個——」積克翻出一張模糊的照片，上面依稀看出兩架悍馬車：「我們查過……」

接著，他說出了一個令人震驚的推論。**天啊！依洛想道，如果是這樣的話……**

「可惜沒有足夠的證據，羅德叫我們先不要輕舉妄動……」積克歎了口氣，繼續翻動照片：「接下來就是那個密室了。」

「不，我已經看過了。」依洛制止了他：「那足夠讓我記得一輩子。」

他有點厭惡地避開照片，視線不經意地掃過旁邊。那裡有一個黑色的裝置……**怎麼可能？桌上赫然是一部再也熟悉不過的相機，**他勉力把它舉了起來，發現每寸都完好無缺。

「它為什麼會在這裡？」

「你是什麼意思？它一直都掛在你身上啊！」積克困惑地說道：「不過裡頭只有你被綁架前的照片，沒有其他的了。」

「但……」依洛發現自己的記憶有點混亂。**在孤兒院那裡，我沒有帶著相機吧！抑或……我有？但我沒有拍過照，那應該是沒有……**他頭痛了起來。

積克關切地看著他，手搭上他的肩膀：「對不起，我忘了你狀態不好。別管工作的事啦！你現在最需要的是好好休息。」

他說得對，積克離開之後，依洛感到自己的專注力開始渙散，還沒有釐清自己的思緒，他已經昏沉著，墜入白色朦朧的世界。

醒來的時間日漸增加。除了積克以外，也有不少人前來探病，包括他的雙親。他們在第二天來到醫院，一見面就用力抱住他，淚水潸潸而下，結果依洛得還反過來安撫他們，好不容易才勸得他們回去酒店。之後，他在病床上多躺了一星期才出院，那時依洛手指上的傷痕已結了痂，看起來不久就會脫落，露出光滑的皮膚。

等到出院的一天，他已經悶得發慌。

因此當羅德帶了他的採訪小隊前來「迎接」，把他像囚犯一樣押上車，他也毫無怨言。不過，當他們逐漸駛近目的地，依洛才發現情況不妙。即使塵土飛揚，亦掩蓋不了前方堪比遊行示威的陣勢。車子緩緩減速，快門聲和鎂光燈此起彼落，如同盛夏的海潮。他慶幸同行沒有隔著車窗向他質詢，但不知為何，他感覺自己像個被抓到辮子的貪污政客，只想快點逃離現場。

最前方的一行人全是熟悉的面孔，應該說差不多半個報社的員工都在場了。依洛歎了一口氣，踏出車外。

然後，歡呼聲排山倒海而來。

羅德在旁邊拍拍他的肩膀，說道：「歡迎回來，依洛。」

「這實在太誇張了——」依洛悄聲回道，並擠出最燦爛的笑容，朝眾人揮手。

「你會讓我們做專訪吧？」旁邊一個人大聲問道，其餘的人笑了起來。羅德輕輕撥開前方一枝麥克風。「好了，好了，現在先來慶祝，晚點再給你們發一個版本。好了，兄弟，讓開一點。」

於是他們一路在群眾間掙扎向前，羅德的心情也漲到了最高點。

他大笑道：「你值得再拿一個普立茲獎。其他電視台恨不得把你再綁架一次，好挖出你的故事，可惜那是我們的啦！不是嗎？你為自己掙到很多花紅和假期啊！現在你就先好好放鬆一下吧！」

他們擠進帷天報社的辦公大樓，大堂已被布置成派對的場地，中央一幅橫額寫著「英雄回歸」。依洛看到他的父母衝上前來，再次擁抱著他。

他父親查理．荷勒穿著黃色的高爾夫球衫，呵呵笑著。他說：「我們想要一起接你出院的，但你的公司說在這裡等比較好，可以給你一個驚喜。你有沒有感覺哪裡不舒服？」

「我其實早就可以出院了，只是你們太擔心，才多留院觀察了一個星期。看到我還不走，醫生每次都擺了一副臭臉。」依洛嗅到烤雞的香氣，肚子立即打起鼓來。

「那就好——」他父親環顧周遭的一切，然後刻意壓低聲音：「兒子，雖然你老媽總是擔心這擔心那的，但你要知道我們都為你感到驕傲。」

這時，羅德站到大堂中央，拿湯匙敲打玻璃杯。

「各位新聞界的朋友！歡迎，歡迎。現在讓我們的主角說兩句話，分享一下劫後餘生的感想。來吧！依洛！」

大堂再次爆出陣陣掌聲。**放過我吧！**他走到羅德的旁邊。

「還記得，當年老媽聽到我要當戰地記者，差點沒有昏過去——」依洛說道。人群傳出笑聲，他看到身穿淺紫色洋裝的母親，正露出害臊的笑容。他轉向父母的方向：「但是你們還是一直支持著我。我被陣線俘虜時，最多時候就是想到你們，這是我能一直堅持下去的原因。」

他想起在合巴五村死去的菲利普。「在場的朋友，曾經有人說過：『沒有人去的地方，總要有人要去』。在這個過程之中，一個勇敢的人獻出了生命，讓我活著回來，也讓大家認識戰爭、了解戰爭、關心戰爭。我不是英雄，菲利普才是，因為他用生命延續了戰地記者的精神。」依洛掃視了一眼大堂，當中某張美麗的臉孔正定睛看著他。**莫娜，我懷念那頭短髮**。他深吸了一口氣：「敬菲利普。」

「敬菲利普。」群眾重複道。

他簡單地應酬了每個想要跟他談話的人，匆匆往莫娜的方向走去。她看似不經意地轉到一根柱子後面，依洛知道她想要逃跑。

「唷！依洛！」這時，一隻大手搭上了他的肩膀。塞昂的聲音在他耳邊無比響亮：「那時你跳下車後，我們還以為你回不來呢。你真是福大命大啊！」

那身穿著短衫褲的小麥色肌膚閃入了走廊，依洛知道自己已追不上她了。

他嘆了口氣，轉向塞昂：「對了，聽說那個把我救出來的女孩，潔絲卡，還待在尼希諾尼亞？」

「你有聽說了啊？她是個大寶藏啊！弗拉得正想辦法把她接到布馬瑞卡，可惜她把送你到難民營時，沒跟著一起過來，這讓事情變得麻煩不少。」

依洛心中一凜：「怎麼麻煩？」

「那個叫麥的監護人沒有聽我們的勸告，還早晚帶著潔絲卡接受採訪。原來他是考古局的人，聽說現政府對他們不太信任。你也知道悍馬車的事了，以現在尼希諾尼亞的混亂局勢來看，他們早晚會出事。」

「我晚點會跟潔絲卡她們談談。」還得查一下到底發生了什麼事，依洛感覺自己在尼希諾尼亞的工作還沒有完結。

「哈！別把自己逼太緊了。羅德下了嚴令，要我們確保你能好好休養呢！」

依洛笑了。然而，接下來的派對時間，他整顆心都已不在上頭。他想著尼希諾尼亞，還想著如何把握跟莫娜談開的機會。他知道現在可以直接上去她的辦公室，找她談個清楚。

但對於一個堅決避開他的女人，這似乎毫無意義。而且，他也不知道該說些什麼。

凱旋(8)

坐在辦公室，凱旋打開非洲考古學聯盟的網站，漫無目的地點擊著各個欄目。自他的秘書助手跟著加爾雷前往尼希諾尼亞後，已經過了十五天。他感覺自己越發焦躁，尤其當他得知加爾雷似乎毫無回歸的意欲。

他回想起十五天前，當他們聽到潔絲卡的消息時，加爾雷那出人意料以外的反應。**那時候，我就應該阻止他回去**。

「我是她的養父，我得回去尼希諾尼亞，把她接回來。」當時，加爾雷瞪大眼睛，看得出心情非常急切。

「南方兵凶戰危啊！」凱旋說：「愛德華說得沒錯，現在要做的是把人從那邊接過來，而不是相反。有關你的養女，我們應該先跟她聯絡，讓她知道你正在找她，再研究該怎麼辦。我公司也可以派人帶她過來布馬瑞卡，這比你親自過去安全多了。」

「你不了解那個地方，政府不可能讓她被陌生人接走。」加爾雷堅持道。

愛德華和安妮同樣極力勸阻，他仍然固執己見，當晚就沿指節谷偷渡回國。幸好在出發之前，凱旋先跟他達成了一項交易，還說服他帶上小葉一起出發。

想到這裡，凱旋的目光從螢幕轉到辦公桌上，那裡放著馬瑞卡泥版。**太陽泥版。**他的手指忍不住滑過泥版的表面，如同觸摸情人的肌膚。**幸好那時安妮沒有當場收下，讓我有機會橫刀奪愛。**凱旋並不擔心安妮博士會懷疑為什麼加爾雷沒有把它捐給非洲考古學聯盟。**她會以為是加爾雷忙得沒空管這件事。**

加爾雷對諾斯德文物的下落守口如瓶，其餘的考古局成員也不見得會知道它們的藏匿處。**這個就是我買的保險。**從文物處望去房間的對面，木箱殘骸和包裹文物的塑料布正靜靜地攤在地上。

先前他仔細檢查了一下木箱，看到一處地方用油性筆寫著「UT77 16」的編號。除了這個線索之外，根據凱旋在物流公司的工作經驗，他知道訂做的容器比較容易追蹤流向。寄給小葉的電郵中，他就提到過這一點：

小葉打了幾十通電話，跑遍撒加大學附近的木材和紙品廠，終於鎖定了一家木廠。他查出考古局一共訂購了五百個木箱，好用來搬運文物，然而，線索到此為止——沒有人知道那些箱子的下落，也沒有任何一家運輸公司有接過加爾雷的送貨

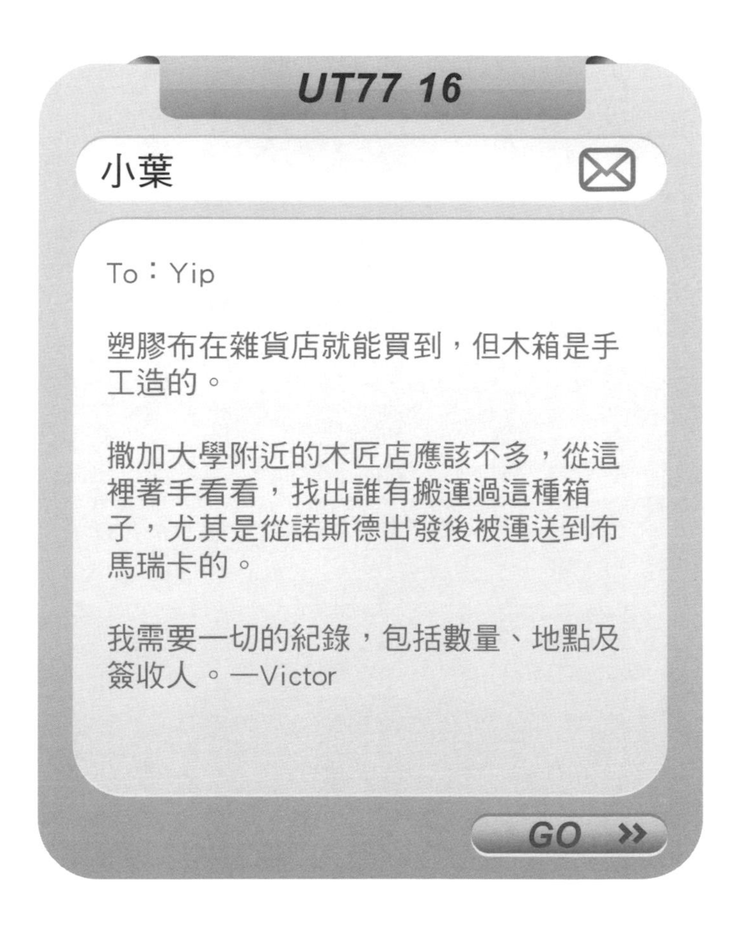

單。

而且過了這麼多天，他們早應該回到布馬瑞卡才對，凱旋不安地想著，**如果情況沒有進展，這兩天就得把小葉召回來。**他每天晚上都會跟小葉通電話，知道加爾雷正忙著應付媒體。

他執起滑鼠，切到「即時路況」查詢軟件，看到尼希諾尼亞北方通路還沒有什麼異狀。**他們在那邊待得越久，處境就越加危險。**

他準備再次搜尋有關潔絲卡的新聞，手指卻有點兒猶豫著。新傢俱散發出的甲醛氣味，讓他鼻子酸了起來。

加爾雷的養女，似乎成了傳媒焦點。他打開新聞，到處都出現著「販賣婦女」、「雛妓」等聳動的字眼。凱旋點開了其中幾篇，發現媒體又再次替拐賣案件加油添醋。

叛軍把德肅孤兒院炸爛後，人們發現裡頭已變成一所妓院，專門提供雛妓給變態的顧客光顧。接著，重重黑幕如雨後春筍般冒了出來，每個版本都比之前的更邪惡，也更加震撼國際。他回頭一想，有點慶幸自己和公司都已離開那個國家。**可憐的潔絲卡**，他還記得在加爾雷家縱火的劫掠者們，沒想到，那個女孩僥倖逃出火場，卻又落到了這種綁匪手上。

其中有一段專訪，主持人正向潔絲卡詢問那個囚禁和虐待女童的大本營。**專訪？他們認真的嗎？都沒人想到要給那女孩喘一口氣嗎？**

在視頻中，一個女孩坐在磨砂玻璃後面，只看得出一個模糊的剪影。她的聲音雖然經過處理，語調卻出奇地平穩。**她很堅強**。

「我第一個認識的女孩叫修荷。十歲，小腹鼓起，手腳乾瘦，一開始我以為她是生病了。我以前學過，沒有蛋白質，肚子就會脹大。」

「所以他們沒有足夠的東西給她吃嗎？」主持人問道。

「不是。結果我發現修荷是懷孕了。」潔絲卡說：「那裡非常不對勁。」

她旁邊坐著一個人，不時抓著她的手，凱旋認出那人是加爾雷。

「勇敢的女孩，說出來——」他親切又低沉的鼓勵著。對於他的惺惺作態，凱旋感到想吐。

潔絲卡頓了一下，繼續說著：「我們有人試著逃跑，但都不成功。失敗的會當著我們的面被打死，他們說那是用來警惕我們。然後，我們每天都要上課，聆聽真主的教誨。但那不是真正的伊斯蘭教義。」

「你們有機會跟外面的人求救或聯絡嗎？」

「我們不可能接近到電話，他們盯我們盯得很緊。我想外面有些人都知道孤兒院裡頭發生的事，要不然那些男人就不會來光顧了——但是從來沒有人試圖理會我們，除了那些想殺我們的叛軍。」潔絲卡平淡地回答，彷彿說著的是別人身上發生的事。

視頻的後半段，訪問對象換成了加爾雷。由於潔絲卡離開後，主持人撤掉了磨砂玻璃，所以加爾雷臉上的得意神色可謂一覽無遺。他浮誇地揮舞著拳頭，嘴上不斷痛罵人口販子、還有民族自決陣線。當主持人問到潔絲卡的遭遇時，他還說那是陣線襲擊的結果，因為很多地區都陷入無政府狀態，治安變得無比惡劣。

又為自己樹立了一個敵人，真天才。看得出來，加爾雷顯然被媒體的聚光燈熱昏了頭，開始口不擇言，甚至忘了尼希諾尼亞本身對他的危險程度。

雖然仍未到達每天約好的時間，凱旋還是撥了一通電話給小葉，交流一下看法。等了好一會，電話才終於接通。

他劈頭問道：「小葉，你那邊情況如何？加爾雷到底有沒有要把潔絲卡帶回來的打算？」

「他正忙著跟記者們爆料，才沒有想到這件事呢。幸好如此——」那邊的語氣卻相當興奮：「我有充足的時間，瞞著他去詢問文物的下落，終於給我發現了一點眉目。某個貨櫃車的司機對加爾雷教授有點印象，我正在沿這條線索追查下去。」

「太好了！」終於有進展了，凱旋問道：「那偉文那群人有再聯絡你們嗎？」

「加爾雷跟他們聊過幾次，似乎最快也要下星期三晚上才能通過指節谷。那些考古學家們好像分散在各地，他們打算會合後再出發。」

「高峰會在星期四就會開始啊！而且一起行動不見得比較好。」凱旋說：「另外，加爾雷到底他媽的在搞什麼？他應該是要把潔絲卡接過來，而不是拉著她到處上新聞。他還在節目上痛罵恐怖組織，是不要命了嗎？」

「對啊，他好像有點昏頭了。我再跟他談一下。」

「你也要小心。如果查到諾斯德文物的下落後，他們還是這個樣子，你就先直接回來吧！」

「知道了，老闆。」小葉深吸了口氣：「我會小心的，你自己也小心。」

通完電話，凱旋的眉頭擠在一起。我得問一下安妮的意見，於是接下來他馬上跟老教授聯絡。她聽起來有點意外，卻主動要求碰一次面。

「我也很擔心加爾雷的事。」安妮說道：「正好赫本尼克和安哲羅剛剛抵達——他們兩位都是高峰會的與會者。我們可以一起聊聊，互相了解情況。」

凱旋有聽說過這兩位考古學家，尤其是赫本尼克教授。那人是學界權威，身兼非考聯的常務理事，安哲羅則是新進的考古學家，經常被考古雜誌關注。然而凱旋對他們的立場卻不甚了解，於是問道：「他們也是站在我們這邊的？」

「並不盡然。在上次的峰會中，赫本尼克對諾斯德文物上花了一點工夫，用力拆穿了考古局的西洋鏡，把他們轟得體無完膚。雖然他對文物有一定的認識，但鄙棄的成分倒是比較多，更遑論要主動保護它們了。安哲羅則沒有參加上屆的高峰會，所以我也不知道他的立場。但我認為，你可以先跟他們溝通一下，而不是在高峰會開始後才這樣做。」

在安妮的安排下，他們約在市中心一家有名的義式餐廳碰面。赫本尼克是東歐及非洲的考古學專家，年齡雖屆五、六十歲，但看起來仍非常硬朗；安哲羅則主要研究埃及的歷史文明，是個面目清秀的年輕人。

彼此介紹過後，他們各自點了飲料及點心，凱旋則重新表明自己對諾斯德文物的擔憂。他簡單說明了考古局被追殺、文物下落不明的現狀。

赫本尼克專注在自己的煙燻鴨胸沙拉上，而安哲羅則有一點兒反應。他說道：「它們有公約的保護。我了解你的擔心，凱旋先生，但是既然沒有證據的話，我們只能警告民族自決陣線，並要求現政府自行保護這些文物。」

凱旋說：「但是針對考古局成員的攻擊不是偶然！而即使文物不是陣線的破壞或搶劫目標，也是有機會受到波及。」

「但你剛剛不是才說，文物現在已不知所蹤？那就算非洲考古學聯盟想要做點什麼，也無從談起啊！」

「原本加爾雷博士應該知道它們的下落，但他一直諱莫如深，現在還回到了那個兵荒馬亂的世界；更讓人擔心的是，他在新聞台上大放厥詞，抨擊對象還是那裡的恐怖分子。他一旦發生什麼意外，尼希諾蘭部族的歷史紀錄就會永遠埋沒！」

安妮接話道：「幸好，我們聯絡到一些藏起來的考古局成員，他們正準備偷渡過來，我希望當中有人會知道文物的下落。」

這時，赫本尼克匆忙地灌了一口水，身體突然小幅度抖動，喉嚨發出不自然的悶哼聲。一開始，凱旋還以為他有什麼病症發作了，但一秒後，赫本尼克不受控制地大笑起來，水流沿著嘴角滑落。他邊彎下腰邊咳嗽著，好不容易才鎮定住自己。

「咳……哈！真抱歉，我太失禮了。但我聽著你那麼認真地在說，實在忍不住了。哈！」

凱旋的怒意升起。他大聲問道：「有什麼好笑的嗎？」

赫本尼克深吸了幾口氣，臉色仍然潮紅：「如果說上次的高峰會達成了什麼共識，那就是所謂的諾斯德文物，其實只是一堆破爛——而尼希諾尼亞的那群騙子比任何人都清楚這一點。老實說，我不相信世上有人會想要搶奪它們。如果有人為了埃及文物這樣做，那還有一點可信性。但在那些破爛垃圾上面？那就太誇張了。」

安妮放下手上的杯子：「赫本尼克，用『破爛』來形容它們有點兒過分了。」

「因為那是事實！如果它們真的有研究價值，那群騙子用得著在那些東西上添加石灰岩，來影響碳-14的檢測結果？哈！」

凱旋想要一拳打扁那張歪斜的笑臉。他站起來瞪著老教授：「難道尼希諾蘭部族不是人類歷史的一部分？因為他們存活得不夠久，他們的遺產就不值得保留？尼希諾蘭考古局並不尊重自己的文明，也不代表我們要同樣地對待它們！」

赫本尼克收起了笑容，然後在桌面上放下一張紙鈔，顯然是準備離開。

「抱歉，但我沒有打算跟你們吵架——」他搖搖頭：「加上你們要說服的不是我，而是參加高峰會的所有人。」

他離開餐廳，令氣氛變得尷尬起來。但凱旋留意到，安哲羅正若有所思的望著赫本尼克的背影。

接著，年輕學者低聲說道：「我相信高峰會上，肯定有人會認同你們，畢竟多一些館藏對我們來說沒有絲毫壞處。但赫本尼克是老權威，如果他堅持剛才的看法，我想大部分人都不敢跟他對著幹。」

「而你是其中的例外？」

「你太看得起我了。」安哲羅聳聳肩：「我可不打沒有勝算的仗，然後憑空樹立敵人。如果你要我和其他人的支持，你們得做最好的準備。」

最好的準備，還有最壞的打算。回到酒店，凱旋癱軟在床上，臉孔埋入枕頭之中。

就算找到文物的下落又怎樣？凱旋發現自己只想著把它們救出來，卻是沒有考慮到之後的事情。世上根本沒有人在意它們的下場，就連考古學家也是如此。

想著想著，周遭的光不知不覺模糊起來。在夢中，狂風拖曳著他的腳步，炙熱的飛砂撲面而來。

依洛(9)

打開門，整個報社一片混亂，打字聲像夏蟬般無間斷響起。一些人正在互吼，走道上人影匆匆，人們甚至沒發現依洛進來。**有大新聞了**。

「發生了什麼事？」他抓住旁邊經過的人，差點撞掉他手上捧著的一大疊文件。

「炸彈！匯視！」對方吐出兩個單字後，吸了口氣：「整個門口被炸了！」

這時塞昂發現了他。「依洛！為什麼你在這裡？你應該再休息一下！」

「匯視大樓遭到恐怖襲擊？」依洛問道。

「嗯，自殺式炸彈。有人拍到案發現場，而且放到youtube上，但是內容太過血腥，管理員很快就把它撤了下來。幸好我已經存底，等等，我把它轉寄給你。」

「傷亡情況怎樣？」依洛一邊問，一邊跑到自己的座位上。

「聽說死了兩個人，匯視新聞部總監和一個考古學家，一個女主播重傷。可能還有其他人，但情況還不清楚。啊！傳送好了。」

依洛戴上耳機，感覺自己的手指有點不聽使喚，花了好一會才打開電郵，調出原始的視頻。一點開檔案，他就肯定影片是用手機拍攝的。

起初那畫面搖晃著，周遭的景物不停旋轉，同時傳出數道聲音，卻一個字也聽不清楚，令依洛聯想到《華氏911》的開場。當手機鏡頭穩定下來，它的主人拍到了匯視大樓的正面。旋轉門的四塊玻璃碎了兩塊，一片煙霧仍未散去，地上灰塵夾雜著閃亮碎片，像髒掉的融雪堆。依洛研判襲擊者使用了碎片式的手榴彈。

這時，人群蜂擁著跑出大樓門口，互相推擠、四散奔竄。許多人撞向拍攝者，但他仍然逆流而上，掙扎著靠近事發現場。在那裡，一灘血水滲入了地面，而且每秒鐘都擴大著。血水的源頭是一些暗紅色的內臟及殘肢，依洛從一簇頭髮辨認出它的主人。**天啊！加爾雷博士**。他的遺骸零散而細小，身體的大部分像被什麼吞噬了。鏡頭邊緣還有東西在動，依洛僅能粗略認出那是紅色的裙擺。

視頻之後持續了23分鐘，畫面左右搖晃，主要是拍攝者360度拍下周遭的情況。在背景中，依洛看到大樓的員工全都疏散離開，圍觀的人卻反而逐漸增加著，有些人在呼叫。直到警笛聲響起，醫護人員將拍攝者一把扯開，視頻才正式結束。

麥．加爾雷，依洛還記得那個突然冒出來的考古局主任。上星期他們才通過電話，而內容並不愉快——依洛知道，在媒體上曝光對一個人的心理壓力有多大。追訪、跟拍，都會繼續增加潔絲卡的心理創傷，更何況他們的處境還非常危險。他打電話去跟加爾雷抗辯，但那個人絲毫也聽不進去。

潔絲卡還好嗎？依洛憂心地想著，撥電話給駐守在當地的記者弗拉得。

「弗拉得，我是依洛。那個——」他才剛開口，對方已開始喋喋不休，幸好依洛已經習以為常。

「——好了好了，你是來問自殺炸彈的情況吧？告訴你喔，匯視！匯視！天啊！每個人都來問，我簡直變了大明星啦！」對方連珠炮般的說著，絲毫沒給他插話的空間：「我在陣線裡頭有內線，可以肯定是他們一手策劃了這次襲擊。目標是那個考古學家，當然啦！還有誰呢？真是一群天殺的文盲，好像全天下的讀書人都得罪了他們似的。最可憐是米基兒啊！才二十五歲就被炸斷了腿，她好不容易才當上了主播哪！」

陣線？那完全出乎依洛的意料之外。他問道：「那個教授的養女有沒有事？她叫潔絲卡，可以幫我留意一下她的情況嗎？」

「那個可憐的女孩？」弗拉得顯然看過關於她的報導：「沒有聽到她的消息

呢！可能被軍警保護起來了。好吧！我去問一下。」

「還有，關於最近幾次襲擊，我想要多一點的詳情。陣線為什麼要殺考古局的成員？是不是有什麼內情？」

「基本上他們什麼局的人都殺。不用擔心啦！那群人差不多就要發聲明了，內容不外乎是為了他們的聖戰啊、道德淨化啊之類。總之，現在最重要的是先找到那個女孩吧？我查到後再打給你！」

對方掛了電話。

於是依洛站起來，向塞昂喊道：「陣線發聲明了沒有？」

就在這時，他注意到羅德突然在走廊出現，眉頭緊皺。林寶兒跟在後面，以看好戲的神色觀察著。羅德招了招手，要依洛進入他的辦公室。

關上門後，他說道：「醫生警告過你的身體狀況。你現在需要的是靜養，而非把頭到處亂栽。看，你的臉色這麼白，所以別跟我爭辯了。先休息兩個星期，等你回復到最好狀態再回來，到時肯定有夠你忙的了。」

依洛知道他的身體還沒有完全恢復。他猜想是在醫院躺太久的緣故，這兩天仍有著眩暈似的不適感，但他認為那不足以成為工作的障礙。

他抗辯道：「我已經睡了差不多……」

但羅德揮手打斷了他，然後謹慎地望了一下他背後的門板。

「你是我們最好的戰地記者——」他沉聲說道：「但老實說，你太衝動了，這樣很容易害你送命。你剛死裡逃生，所以我們不能再依賴運氣了。這段時間，你最好先留在馬達坎。」

「我是個戰地記者，去危險的地方就是我工作的一部分。」依洛頑固地說著。

他記得兩個月前，羅德堅持把莫娜送往尼希諾尼亞的前線，讓這番勸告聽起來格外諷刺。

羅德打個哈哈，企圖和緩氣氛：「都是我們的錯，把你捧成了一個英雄。但別讓自己繃得那麼緊，好嗎？這段時間，你先跑一下這裡的本土新聞，轉換一下心情，可能會有意想不到的收穫。」

『意想不到的收穫』，聽起來像星座占卜，依洛禁不住想。自己才離開辦公室一個多月，卻已開始不了解這裡的政治生態。知道自己再說下去也沒用，他只好唯唯諾諾離開了報社。

回到所在的公寓，他咬一咬牙，決定繼續自己的追查。他打開電腦，一次又一次觀看那個視頻，仔細留意潔絲卡有沒有出現在裡頭，幸好一無所獲。他偷偷發電郵詢問塞昂最新的情況，然後一邊看著電視的新聞打發時間。等了半小時，終於傳來回覆，上面只有簡短幾個字：「沒有新消息。」

還是正如羅德所說，我太勉強自己了？眩暈感再次出現，他閉目躺在床上，聽著電視新聞的報導，並努力抗拒著睡意。

然後他再次回到了那個布滿濃煙的地下室。

四周都是霧霾，但毫不妨礙他的呼吸。「潔絲卡！」他大聲叫喊，四處找尋那個細小的身影。

像是回應他的呼喚，濃霧中浮現了一個身軀。他追上前去，卻發現那人早已倒在地上，腦殼汨汨流出血水。儘管臉上都是血污，依洛仍認出她是難民營的瑪格麗。他恐懼起來，像無法控制自己的身體，轉身就往房間的另一邊奔跑。但下一秒，他被猛然絆倒在地。

他重重地撲倒在瑪格麗旁邊，正好對著她失去生命的面容。她的眼睛睜大，依洛甚至能在她的瞳孔上看到自己的倒影。他想要站起來，卻再一次被腳上的某種東西拉扯住。那是某種堅硬、寒冷的東西。不、不、不……

他望向腳下，發現自己被上了腳鐐，鐵鍊正繫在一根粗大的排水管之上。

突然，音樂鈴聲響起。

他像被電流擊中般醒來，心臟劇烈地跳動。牆壁和角落一片灰暗，他已不知不覺睡到了晚上。**沒事的，瑪格麗安全回到難民營了啊！**

依洛搶起手機接聽，裡頭傳來弗拉得的聲音：「依洛！你中午時不是在找潔絲卡？我打聽到她的下落了。你不會相信的，真是荒謬啊！」

依洛的心跳又再變快了：「她在哪兒？」

「這邊的軍警統統都是飯桶，竟然讓一群中國佬把她帶到布馬瑞卡，連理由也不問一下。他們都在一家絲航物流運輸集團工作，你記下來：絲綢的『絲』，航運的『航』。我查了他們的背景，發現那些中國佬剛把資金從尼希諾尼亞轉到布馬瑞卡，新辦公室就在馬達坎。除了我們之外，有些報社已開始留意到這件事了，畢竟有些人上個禮拜才訪問過潔絲卡。所以，你可要把握時間，搞不好又是一個獨家新聞啊。不過小心點，別忘了自己剛從醫院出來呢！」

弗拉得的發現，讓事情變得越來越複雜，依洛幾乎可以嗅到犯罪的味道。**太可疑了，肯定有某種金權或政治黑幕在背後。**

方才睡了一會，依洛感到無比清醒，但他還是去煮了咖啡，確保自己在調查中做到鉅細無遺。他沈浸在電腦螢幕的亮光世界之中，完全沒有睡覺。

第二天早上，他撥號到絲航物流公司，表明自己的記者身份和目的。女秘書讓他等一會後，就把電話轉接給一個男人。

「我是喬凱旋。請叫我凱旋──」對方的聲音年輕而沉著：「聽說你是潔絲卡的朋友？」

「沒錯。我是帷天日報的依洛，跟她一同逃出了德肅孤兒院。我想要知道她現在的下落，還有你們公司為什麼要把她帶走。」他立刻用專門軟件搜尋「喬凱旋」的名字，查到對方正是那家公司的少東。

凱旋頓了一下，說道：「那是你誤解了，那個跟公司無關，只是我自己的個人行為。我認識加爾雷博士，呃，他剛剛在一場恐怖襲擊中喪命。這讓我意識到，尼希諾尼亞對她來說太危險了，就決定先把她接到非洲考古學聯盟的總部，它在馬達坎這裡。她父親去世之前一直是它的成員，我相信她會受到很好的照顧。」

濃烈的咖啡因，逐漸從依洛胸腔退卻到胃臟。依洛鬆了口氣：「那麼，她已經到考古學聯盟那邊了嗎？我同樣在馬達坎，想要去探望她。」

「她要傍晚才會通過邊境。我準備先讓她在酒店休息，明天再過去非考聯大樓。老實說，她的監護人剛發生意外，我還擔心沒有人去照顧她，你下午有空嗎？如果潔絲卡抵達時看到你的臉，我想應該會對她的情緒有幫助。」

「當然了。她會從哪兒下車？」

「她會沿指節谷邊境公路到達象草皇宮酒店。你可以先過來我的辦公室，我們晚點一起出發。剛好，我也有些事想要跟你談談。」

依洛一口答應，接著收拾行囊。**剛才那人提到加爾雷，他可能會了解一些內幕。**不到一個小時，他已經到達絲航物流公司的新辦公大樓。

進入喬凱旋的辦公室，四周散發著簇新而寬敞的氣息。部分架子的塑膠包膜仍未撕掉，但已放上藝術品，落地玻璃旁有著沙發和茶几。他的會面對象則是個大約三十歲左右的華人，臉頰習慣性地微向上抬，顯得有點冷傲。

「幸會，我就是凱旋。」那人把手伸出來：「剛剛跟你通過電話。」

依洛決定直奔主題：「剛才你提過認識潔絲卡的父親和養父。所以你是一個考古學家？」

「我只認識加爾雷教授——」凱旋回答道：「至於我？比較像是一個業餘的考

古愛好者。」

非洲考古學聯盟的人，依洛猜測。**所以他才會把潔絲卡接過來**。

接下來，他們聊了一下潔絲卡的事。依洛順道敘述自己在非洲的經歷，希望能讓凱旋放下戒心。過了一會，他注意到凱旋逐漸變得沉默起來，視線常常定在某點空氣之上。

是時候把話題轉到加爾雷了，這個人可能會知道恐怖襲擊背後的線索。依洛打破那凝結的氣氛，說道：「那不如談談她的養父，加爾雷博士。」

凱旋明顯精神抖擻起來，他說：「他是尼希諾蘭考古局的主任，我在追查諾斯德文物的下落時找到了他。」

諾斯德文物，依洛記誦下來。他問道：「為什麼他會跟民族自決陣線的人結怨？」

凱旋咬緊牙齒，憤怒地搖了搖頭。

「不知怎的，陣線一直在追殺考古局的成員，而加爾雷還公開現身，譴責那些恐怖分子。平常我會稱之為勇敢，但當身邊跟著小孩跟無辜者，那就是愚蠢了。一開始，他回去是要把潔絲卡接到布馬瑞卡，但被鎂光燈迷暈了頭，他待在那裡不肯回來。我一直催促他們動身，反正就算要罵恐怖組織，起碼待在這裡再罵會比較安全——」凱旋突然皺起眉頭，語氣變得有點猶豫：「說起來，他的行為相當矛盾。可能是我對他的認識還不夠深吧！他之前給我的印象，是個只會顧自己利益的人，拋下家人和其他學者逃到這裡。但他不但為了潔絲卡而回到尼希諾尼亞，還敢跟民族自決陣線對著幹，真是讓人意想不到。」

「那麼，你從一開始，就已經知道尼希諾尼亞很危險？」

「對，所以我在諾斯德鎮行動時，僱用了一個私人保鑣。他是個前軍警，有整個分局的同袍作後盾，但就連這樣的人，當聽到陣線屠殺考古局成員的消息時，也嚇得馬上把我送來布馬瑞卡；因為那時我正在追查學者跟文物的下落，他擔心我會受到牽連。」他的嘴角扭曲，「你曾經被他們俘虜，他們為什麼要追殺考古局？是想要搶奪諾斯德文物嗎？」

「等等，搶奪文物？」依洛打出手勢，表示需要一點時間去思考。

他回想自己在合巴五村看到的情景，發現的確有些不合理的地方。後來查出來，死的都是考古學家。但陣線的人是在他們被屠殺之後才出現的。在被俘虜的過程中，依洛沒注意到陣線曾對考古局顯露特別的興趣。他們的目標是德肅孤兒院，還有穆衫都政權，不是什麼教授學者啊！

他們會殺加爾雷，難道是個巧合？

「就是這種文物，它們在過去兩年一直下落不明。」這時，那個富二代指著書架上一塊圓盾形的陶土，上面刻著太陽的花紋，樣式非常簡樸。他介紹了一下古尼希諾蘭部族在幾百年前的短暫歷史，還有自己在尼希諾尼亞的經歷。

他最後說道：「經過一系列的追查，我沿線找上加爾雷，最後發現他藏起文物的地方。我之前說有事找你，就是希望貴報社能將它們的下落公諸於世。」

「所以說，你已經找到了文物？」依洛有點驚訝。

「沒錯，就在附近的貨櫃碼頭。」凱旋一派自信地回答道：「我相信一切答案都在那裡。」

但考古學家的遭遇跟文物的遭遇，完全是兩碼子事啊……眼前的凱旋，似乎把屠殺事件跟文物失蹤連結在一起，但依洛和報社都懷疑別有內情。然而，在找到更多證據之前，他不敢妄下結論。反正我沒有別的事做，那就先查看看吧！

「好吧！明天我可以跟你去追查這些文物。」他看了一下手錶，已接近潔絲卡到達的時間。「差不多了。我們是不是要一起去接潔絲卡？」

「對喔！已經這麼晚啦？」凱旋打了個哈哈：「那我們先去酒店吧！可以一邊吃飯一邊等她。」

想到一會就能見到那個女孩，依洛微笑。終於能看到一些比較簡單的事物了。

凱旋(9)

都是我的錯。我早就預測到了，卻沒有做出足夠的應對措施。

凱旋側首夾著電話筒，雙手沒有停止打字。他進入「即時新聞」的網頁，巨大的標題觸目驚心：《自殺炸彈襲擊匯視大樓 三死一傷》

一個段落中出現了他熟悉的名字——

「……麥．加爾雷當場死亡。炸彈波及旁邊三個人，包括一名電視台高層人員及一名女主播。現場情況一片混亂，軍警已展開封鎖線，據悉傷者送往醫院後，目前情況仍然嚴重。稍早前，民族自決陣線承認策動了這次襲擊。這是繼合巴五村的屠殺事件後，再一次針對考古學家的恐怖襲擊。

尼希諾尼亞參議員博庸巴爾在今日發表評論，譴責民族自決陣線屠殺考古局成員的暴行。他要求政府保護境內學者的生命安全，『不應該讓知識分子成為戰爭的犧牲品。』……」

看到這裡，他想要對著電話咆哮：去找小葉！確保他沒事！

但他沒有這樣做。對方是位於尼希諾尼亞的中國領事館，他客氣地拜託，然後道謝。他自己的聲音既遙遠又冷酷，和他混亂的心律分隔開來。領事館的人語氣懇切，似乎想要舒緩他的緊張情緒，但那一點用也沒有。

「……如果有消息，我們一定會通知你。」最後，對方給出一句毫無用處的承諾。

都是我的錯。掛了電話，凱旋癱坐在辦公椅上。他視線掃過桌上的文件，上頭的文字扭動著，變成一堆陌生的符號。**我把他害死了。不，他一定沒事，還沒有消息……**他強迫空蕩蕩的腦袋運作，**一定有什麼是我可以做的**。他再次瀏覽新聞報導，然後，敲門聲打斷了他的思緒。

「我沒空——」一抬頭，凱旋看到他父親的面孔。他喉嚨緊縮了一下，反射性的辯解道：「抱歉，我在研究曼德海峽，它還剩下——」

「——我知道你在做什麼。」喬四海靜靜地說道，一張老臉紋風不動。

噢。凱旋吸了口氣，對此毫不驚訝。雖然他沒有跟父親提過自己對文物的追尋，卻肯定溫主任會跟他報告。以父親對公司的掌控，也會很容易察覺小葉到尼希諾尼亞的行程，以及現在下落不明的狀況。

「我剛聯絡了那邊的領事館，暫時沒有被捲入襲擊的跡象。等小葉回來——」

凱旋嚥下一口唾液：「等他回來，我就會回去香港。」

他只是隨口說說，卻驚覺那是自己真正的想法。

「他會回來，我過來就是說這件事。」喬四海說道：「別擔心，我的熟人找到了你的秘書，確定他沒有捲入事故。我已經打點好，他們明天下午應該就會送他回來，到時候你再好好歡迎他吧！」

凱旋一時間不敢相信這個消息。

接著他像洩氣的皮球，身體陷入辦公椅中。太好了，太好了。他想要表達謝意，卻因長久的隔閡而不知道該怎麼開口。他清了一下嗓子，生硬地說道：「太好了。謝啦！老爸。」

「對了，那年輕人堅持帶上一個女孩。他還傳了張圖片過來，看起來像是提貨單。他沒有解釋理由，不過應該就是你要找的東西。老實說，你秘書的表現不錯，你似乎把他教得很好。」

他拿出一張紙交給凱旋，上面有著一張文件的照片。小葉他找到文物了。

喬四海繼續說：「我知道，我以前總是不同意你去搞考古研究。也許因為這樣，你也從來不主動跟我談起它。不過……」

老人的臉頰像突然被針刺到，一瞬間露出痛苦的神色：「我不知道，可能是年紀大了吧！看事情的角度也不一樣了。研究歷史不是什麼可恥的事，就隨你喜歡的去做吧！用不著偷偷摸摸的。但是，希望你會記得，這次你下屬差點兒客死異鄉，別再讓自己或別人做這麼危險的事了。」

凱旋驚訝地望著他父親，說不出話來。

他記得在生意成功時，喬四海意氣風發的樣子，彷彿光站著就能把旁邊的人蒸發掉。然而，不知道是年齡還是公司虧損所致，現在他的臉孔看起來卻蒼老而萎靡。相對地，性格卻似乎變得更加圓融。凱旋從沒想過，他有一天竟會支持自己的研究，或是露出如此疲憊的臉容。**他老了**。

他有點不知所措，只能簡短地回應道：「我會的。」

「我們在布馬瑞卡的工作還沒有上軌道——」喬四海轉身，慢慢離開房間：「你兩頭都顧只會什麼都處理不好。我已經在公司召人過來幫忙了，不管你要做什麼，把它忙完再加入我們。你要回去香港也可以，就隨你自己喜歡吧！」

凱旋浸淫在小葉平安的欣慰之中，過了一會才回過神來，目光落到手上的提貨單副本上。「貝瑪連貨櫃碼頭」，他知道那個地方，距馬達坎市中心十八公里左右。而那些英文和數字編碼代表了其中的一個貨倉。

我現在要決定應該怎麼做。通知考古學聯盟?通知海關?

加爾雷把文物從尼希諾尼亞偷運到布馬瑞卡，凱旋只想到兩個原因。

一、**他真的想要保護文物，讓他們免受內戰及軍政府的破壞。**

二、**他想要獨吞它們。**

這決定了它是一個英雄事跡，或者是近十年來最大規模的文物走私案。加爾雷的死亡，讓凱旋失去了直接質問他的機會。他看著提貨單上的簽名，了解他的證據足以讓海關搜查文物的藏匿處。

凱旋突然想到，一旦海關接手這宗案子，考古學聯盟就可以申請保管文物，再在法庭同意下順理成章收歸館藏。**這正是我需要的，可以確保文物落到我們手上。**

連串的好消息像興奮劑，讓他腦神經停不下來。他再打了一通電話給尼希諾尼亞的中國領事館，告訴他們小葉安全的消息。由於他不停想著文物和加爾雷的事情，因此，到了第二天的早上，當他得知有一位記者找他時，他的第一印象就是跟加爾雷的死有關。

「他的名字是依洛，」櫃檯秘書米莉說：「他在找一個叫潔絲卡的女士。」

潔絲卡女士，秘書的用字讓凱旋的嘴角上勾。

「叫他等等。」凱旋皺眉，猜想那位記者的來意。

潔絲卡是尼希諾尼亞媒體關注的焦點，小葉隨便把人帶走，當然會有記者跑來問東問西。他沉思著，有點頭痛該怎麼解釋。得把媒體的注意力從我們公司引開。晚點把她送到非洲考古學聯盟，讓他們負責照顧好了。畢竟，她的親人都是考古學家——想到這裡，凱旋腦海突然閃過一個記憶。

「等等，你再說一遍那個記者的名字？」

「他叫依洛。」

依洛，我對這個名字有印象，凱旋記得過去看過幾篇報導都有這個名字，好像是跟潔絲卡一同被救回來的戰地記者，曾經拿過普立茲獎。這個人有利用價值。

他說道：「把電話轉接過來給我。」

「你好，我是帷天日報的依洛。」話筒傳來一道清亮的聲音。

「我是喬凱旋，叫我凱旋就可以了。聽說你是潔絲卡的朋友？」

「沒錯。我跟她一同逃出了德肅孤兒院。」他聲音帶著濃烈的譴責：「我想詢問她現在的下落，還有你們公司為什麼要把她帶走。」

凱旋的腦袋快速運轉，努力拼湊著合理的說辭。**首先要把公司這層關係撇清……**

「你誤會了，那跟公司無關，只是我的個人行為。」他讓語氣保持穩定：「我認識加爾雷博士——他剛剛在一場恐怖襲擊中喪命。這讓我意識到，尼希諾尼亞對潔絲卡來說太危險了，我決定先把她接到非洲考古學聯盟的總部，就在馬達坎這裡。她父親去世之前，一直是它的成員，我相信她會受到很好的照顧。」

「真的？」記者顯得有點驚訝，他回道：「我同樣在馬達坎。她已經到考古學聯盟那邊了嗎？我想要探望她。」

這是個機會。我可以引導他來報導諾斯德文物的事……

想到這裡，凱旋邀請他過來自己的辦公室，然後掛了電話。**加爾雷、考古局、民族自決陣線、穆衫都政府。每個都各懷鬼胎。**凱旋像面對著一堆散落的拼圖。那個記者的出現，或許能幫自己拼湊起來。

他拿出手機，把加爾雷教授遇難的新聞傳給安妮教授。不一會，他就收到安妮教授的訊息，然後他們就在社交程式上聊了起來：

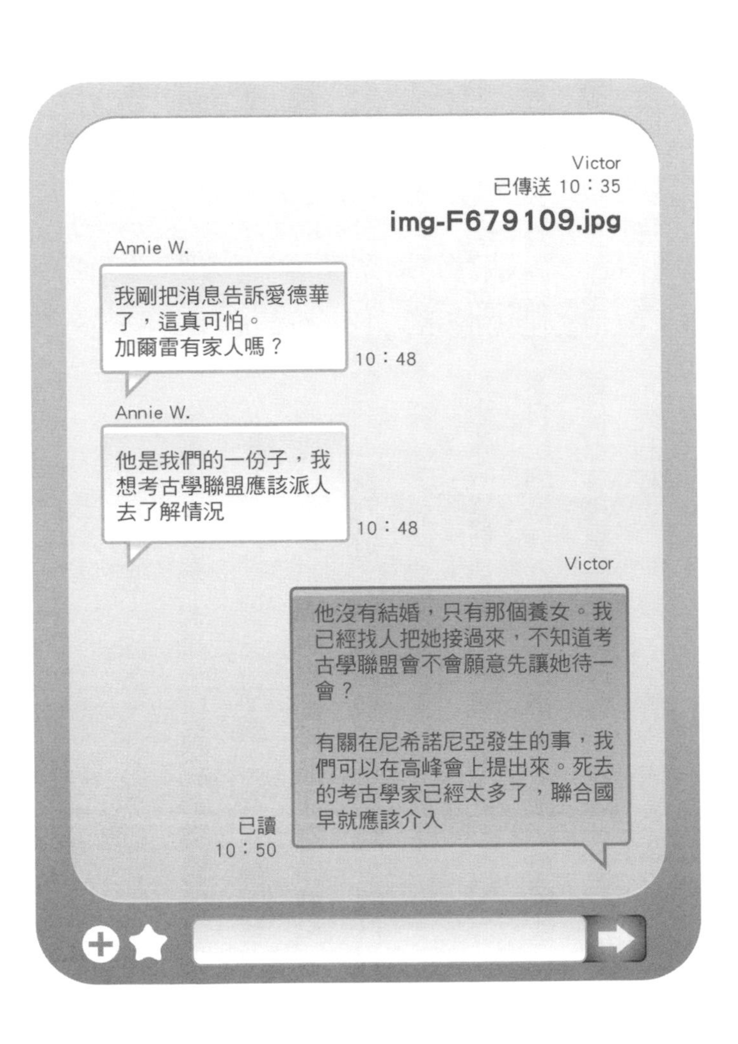
Victor
已傳送 10：35
img-F679109.jpg
Annie W.
我剛把消息告訴愛德華了，這真可怕。
加爾雷有家人嗎？
10：48
Annie W.
他是我們的一份子，我想考古學聯盟應該派人去了解情況
10：48
Victor
他沒有結婚，只有那個養女。我已經找人把她接過來，不知道考古學聯盟會不會願意先讓她待一會？
有關在尼希諾尼亞發生的事，我們可以在高峰會上提出來。死去的考古學家已經太多了，聯合國早就應該介入
已讀
10：50

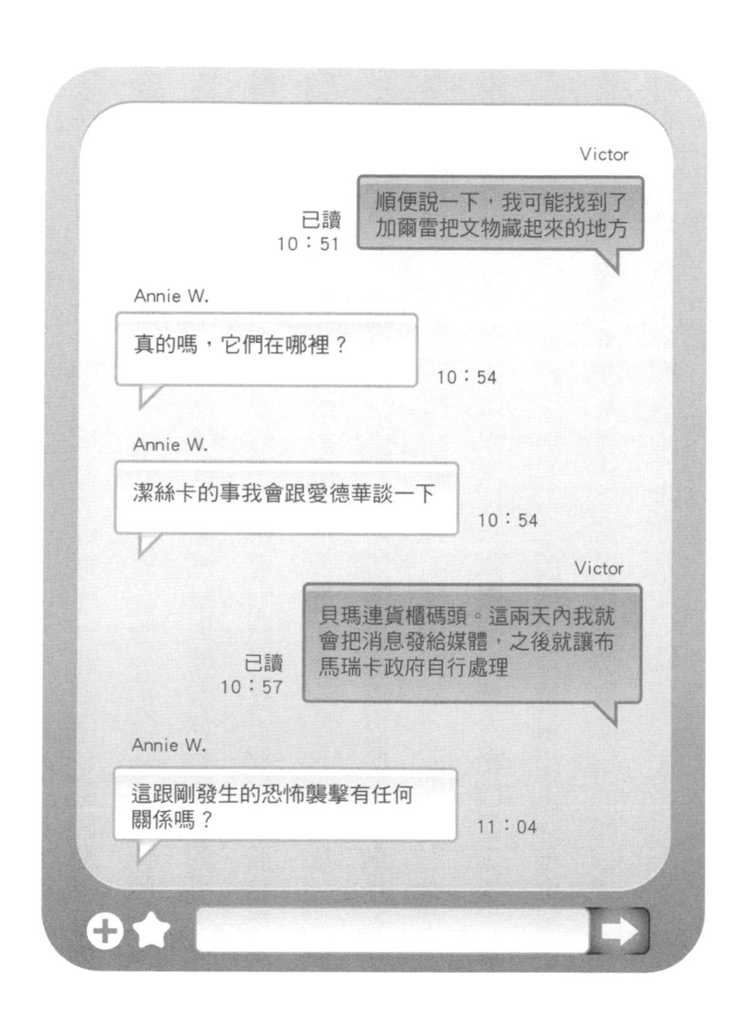
Victor
順便說一下，我可能找到了加爾雷把文物藏起來的地方
已讀
10：51
Annie W.
真的嗎，它們在哪裡？
10：54
Annie W.
潔絲卡的事我會跟愛德華談一下
10：54
Victor
貝瑪連貨櫃碼頭。這兩天內我就會把消息發給媒體，之後就讓布馬瑞卡政府自行處理
已讀
10：57
Annie W.
這跟剛發生的恐怖襲擊有任何關係嗎？
11：04

（就在這時，秘書米莉通報：那個記者已來到了辦公室。）

於是他匆匆回道：「我還在查。我剛剛約了一個記者談這件事，晚點再跟妳聯絡。」

與凱旋對記者的印象不同，依洛身上並沒有掛著大包小包。相反，他穿著淺色的外套跟襯衫，臉上掛著人畜無害的笑容和黑眼圈，身上只有一個側肩袋。但凱旋注意到他的打扮簡潔而專業，隱約散發出精悍的氣息。

那人打量過四周的環境後，說道：「你剛才提過，你認識潔絲卡的父親和養父。所以你是一個考古學家？」

「只認識加爾雷教授。而我比較像是一個業餘的考古愛好者——」凱旋回答，他感覺記者接下來會追問有關潔絲卡的事，於是先行澄清道：「老實說，我沒有見過潔絲卡本人，但是感覺和她非常有緣，所以想要去幫助她。」

依洛笑了：「我母親是中國人，她也非常相信緣分。」

「有些人覺得『緣分』是一種迷信，不過它也可以非常科學。把握住偶然相遇的機會，然後加以發展，人與人之間的關係不也都是這樣建立起來的嗎？」凱旋瞄了一眼時鐘，時間充裕，先慢慢加深彼此的信任吧！他繼續道：「第一次知道潔絲卡的存在，是我在找尋加爾雷的時候——我發現他的家被搶劫，而他的養女下落不明。後來我得知她的悲慘經歷，最後連唯一的監護人都死去。這時我就想，我怎麼可能將這個可憐的女孩置之不理呢？所以，我準備把她帶到非洲考古學聯盟，一個她比較熟悉的環境，希望你能夠理解。」

接著，他向記者問道：「那麼你呢，你是怎麼跟她結緣的？」

依洛猶豫了一下，接著說：「那得從合巴五村開始說起。」

記者敘述自己如何被民族自決陣線俘虜，親眼見證德肅孤兒院的毀滅，以及在地下室遇到了潔絲卡。記者的口吻雖然平淡，但凱旋仍能感受到那份九死一生的驚險。而當聽到一些感興趣的部分時，他會去追問那些細節。

只是說到後來，依洛的記憶依乎有點模糊：「像我就不記得，這部相機為什麼會回到我身上。」

凱旋沉吟了一下，拿起相機左翻右翻，仔細觀察。

又一個謎團。他心裡冒起某種異樣感，直覺它是某個關鍵。他簡短地回應道：

「它的狀況很好。」

比起正午，這時氣溫已經上升了三度以上。他望向窗外，周遭景物亮得刺眼。

這時，依洛咳了一聲：「不如談談她的養父，加爾雷博士。」

「他是考古局的主任，我在追查諾斯德文物的下落時找到了他，」凱旋回答。

終於到重點了。他定了定神，開始把話題引到諾斯德文物之上。

「等等，搶奪文物？」那記者打出手勢，皺起眉頭思索著。

看得出來，依洛對諾斯德文物實在是一頭霧水，於是凱旋指著馬瑞卡泥版說道：「就是這種文物，它們在過去兩年間一直下落不明。」

他從撒加大學開始，講述自己找尋諾斯德文物的短暫旅程。最後，他表明了自己的目的：「經過一系列的追查，我沿線找上加爾雷，最後發現他藏起文物的地方。我之前說有事找你，就是希望貴報社能將它們的下落公諸於世。」

「你說你已經找到了文物？」依洛終於展現出一點興趣。

很好。他煞有介事的說著：「沒錯，就在附近的貨櫃碼頭。我相信，一切答案都在那裡。」

記者望向手錶，動作停頓下來。在那幾秒中，凱旋的心臟急促地跳動著。

「好吧，明天我可以跟你去追查這些文物。時間差不多了，我們是不是要一起去接潔絲卡?」

凱旋像放鬆下來的弦線，虛弱地微出微笑。**又搞定了一件事**。他腹部升起空洞的感覺，才驀地想起大家都還沒吃午餐。

「他們要傍晚才會到達，你不用這麼擔心。我們先去酒店，可以一邊吃飯一邊等她。」他撥內線到前台，要米莉準備一輛公司的接送車。

步出室外，凱旋感覺地面已被蒸得沸騰，高溫自四面八方進攻。他退回陰影處等候，趁著空檔，他打開手機，並發現安妮已經留下新的訊息：

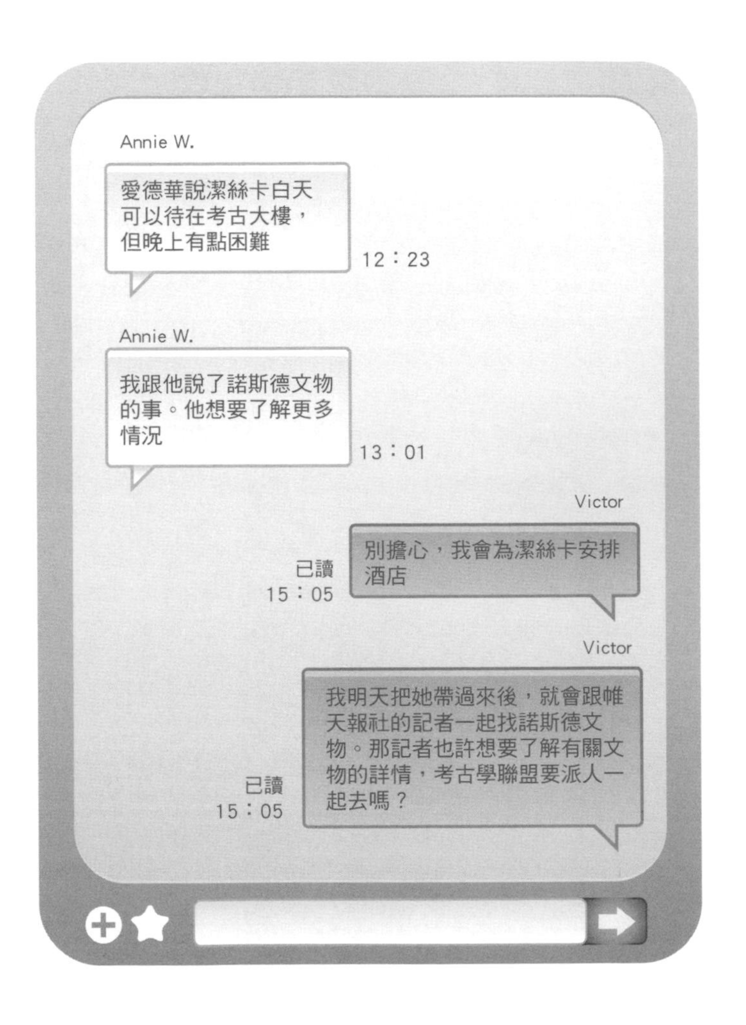
Annie W.
愛德華說潔絲卡白天可以待在考古大樓，但晚上有點困難
12：23
Annie W.
我跟他說了諾斯德文物的事。他想要了解更多情況
13：01
Victor
別擔心，我會為潔絲卡安排酒店
已讀
15：05
Victor
我明天把她帶過來後，就會跟帷天報社的記者一起找諾斯德文物。那記者也許想要了解有關文物的詳情，考古學聯盟要派人一起去嗎？
已讀
15：05

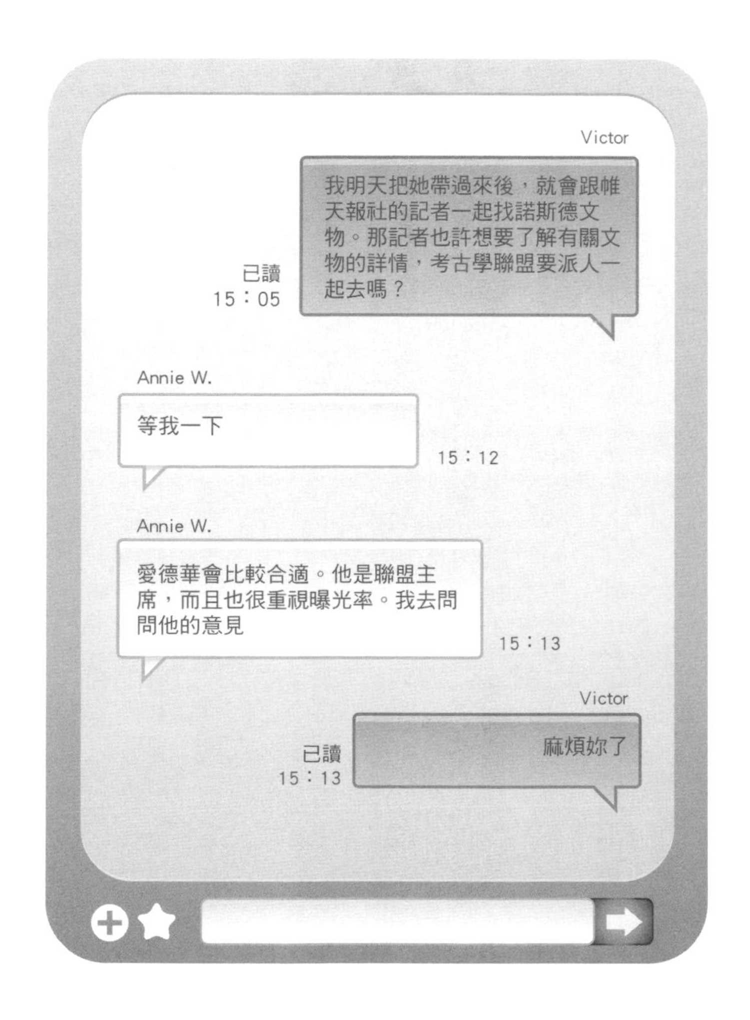
Victor
我明天把她帶過來後，就會跟帷天報社的記者一起找諾斯德文物。那記者也許想要了解有關文物的詳情，考古學聯盟要派人一起去嗎？
已讀
15：05
Annie W.
等我一下
15：12
Annie W.
愛德華會比較合適。他是聯盟主席，而且也很重視曝光率。我去問問他的意見
15：13
Victor
麻煩妳了
已讀
15：13

乘車到象草皇宮酒店，還有在吃飯的過程中，凱旋注意到依洛有點沉默寡言。**他真的很擔心那個女孩**。再過了一個小時，他們換到了酒店大堂等候。那時愛德華已經回覆了安妮，表示明天會跟著一起去貝瑪連貨櫃碼頭。

終於，目標車輛進入了他們的視線。他們一起跑出門口。

凱旋看到小葉先下了車，動作和表情都透著呆滯的疲態。接著小葉從車廂中，扶出了一個有著深色肌膚的小小身影……

「潔絲卡！妳沒事嗎？」依洛一個箭步，搶到他們身前。

女孩露出不敢置信的神情，接著緊緊環抱著他。**這就是那個棘手的女孩**，凱旋望著這幅和平溫馨的畫面。潔絲卡有著標緻而鮮明的五官，看起來像嬌嫩的幼蕾。但凱旋有一種直覺，她就像站在沙塵暴中的風眼，周圍環繞著毀滅。

這也是一種緣分。他轉身，拍拍小葉的肩膀。

「做得好，辛苦你了！這幾天你先安心靜養，接著就可以回香港了。不過在這之前，」他沉下聲音，確保依洛那邊不會聽見：「安排一下潔絲卡和我單獨談談，我有重要事情要問她。」

依洛⑽

「潔絲卡最好留在這裡，直到考古局的其他成員到來。」依洛堅持道：「千萬不要讓她回去尼希諾尼亞。」

民族自決陣線已經發出聲明，承認殺害麥．加爾雷博士，聲明上列明他的死是「誹謗及冒犯」他們信仰的代價。

對於仍留在尼希諾尼亞的考古學家們，他們的聯絡途徑似乎隨著加爾雷的死亡而消失。愛德華主席試著撥打他們的電話，卻一直沒有訊號，只希望他們能依照原先的安排，從帕玲繯高原偷渡到布馬瑞卡，時間是下星期三的晚上。為此，依洛泛起了一陣憂慮。**如果我們想的沒錯，他們的處境正岌岌可危啊！**

他回頭一看。潔絲卡正站在大堂中央，仰望著身前的白色錐形石柱。非洲考古學大樓內綴飾著大量石頭與金屬的文物，黑色、金色和白色浮泛出莊嚴高貴的氛圍，而牆上則掛滿褪色的彩繪工藝。依洛還注意到，凱旋同樣眼神銳利地盯著她。

「當然了——」愛德華主席回答道：「攸基利安是個好人，我們會看好他的女兒。」

「你知道他？」凱旋視線轉了回來：「他有參加上一屆的高峰會嗎？」

「沒有，他在學運中死去。」安妮教授搖頭：「他是一個很傑出的考古學家，基本上起碼四分之一的諾斯德文物都是他發掘出來的。真是可惜啊！如果他在世，上屆高峰會時尼希諾蘭考古局才不敢這樣亂來。」

「潔絲卡看起來對考古學有些興趣，」凱旋轉了轉眼睛：「聯盟有圖書館給她打發時間嗎？」

安妮微笑：「別擔心，我們不會讓她悶著的。離高峰會還有幾天，反正閒著無事，我這個老太婆可以帶她到處轉轉。」

「那太好了！對了，還有一件事。之前我們帶潔絲卡離開尼希諾尼亞時，由於太過匆忙，有些出入境手續得回頭辦理。我會先把文件弄好，晚點會再跟妳聯絡，麻煩妳找人帶她過來我們公司一下。」

依洛怔了一下，他皺眉道：「包括些什麼文件？」

「過關行李批核、出入境申報表、優先通行證……總之他們能想到的敲詐名堂都有。」凱旋揮揮手：「如果你有興趣報導邊境關口的腐敗情況，我可以跟你談談親身經歷。不過，就算要報導，我們最好還是等考古局的人到了這裡再說，不然他們可就沒有辦法離開尼希諾尼亞那！」

愛德華主席望向依洛：「對了，聽說你準備去寫有關一批走私文物的報導？」

依洛澄清道：「沒錯。喬先生告訴我，主席你對文物有很深的認識，可以在我調查時做一些解說。你願意前來，真是非常感謝。」

主席笑了：「別客氣。好吧！我們什麼時候出發？」

「接下來就可以去了。主席你沒問題嗎？」

「當然了，我把整天的時間騰空了出來。安妮，那麻煩妳先看好潔絲卡囉！」

「沒問題，倒是你們要小心。」老教授說著，走向潔絲卡。依洛半蹲下來，向小女孩問道：「妳喜歡這些文物嗎？」

潔絲卡點點頭。依洛於是比了一比：「這位是安妮博士，她可清楚這些文物的來歷呢！晚一點的時候，我們報社也會有人過來陪妳的，妳先在這裡玩一下，好嗎？」

她再點頭，然後就跟著安妮博士參觀館藏。當其他人步出大堂時，依洛隱約聽到安妮正指著一個長著個狗頭的人型雕像：「妳知道阿努比斯為什麼是黑色的嗎？

他出生時可不是長這樣的哦……」

她會沒事的，現在我得專注在接下來的調查之上。老實說，依洛對凱旋和他的故事有點半信半疑，更不太相信加爾雷的死，是因為他捲入某種國寶盜竊案。**這太戲劇性了**，他望著不斷後退的景色，希望在目的地真的會有所發現。

過了差不多一個小時的車程，他們到達了貝瑪連貨櫃碼頭。非洲考古學聯盟似乎已準備好文件，門口哨站的管理員沒有多問，就讓他們進入。

依洛深呼吸，與帶路的工人在碼頭中左穿右插，並暗中拍攝幾張照片。海風隱約夾雜著金屬氣息，還有軋軋的機械運轉聲。愛德華主席和凱旋落後了小段距離，正說著悄悄話。

「我們到了，就是這裡。」工人將捲閘拉開。裡頭的照明系統閃了兩下，寬闊的空間隨即亮了起來。

噢，天啊！原本依洛還在懷疑凱旋消息的真實性，現在卻僅能對眼前的景象瞠目結舌。**又來一宗大新聞**，他被自己最近的運氣嚇著了，不禁驚嘆道：「這數量真龐大！」

倉庫中排列著許多貨架，整齊地延展到後方。其中一個處於門口附近的位置，裡面的木箱被堆砌在水泥地面上。依洛看到凱旋的瞳孔張大，開始用工具把木箱撬開。他馬上把照相機對準裡頭的東西。

「這個就是諾斯德文物？」他問道，那塊陶土中間刻著人形，看起來像某種象形文字。他暗中數了一下，一共有四十八個貨架。**數百件文物，這是近年來最大規模的國寶失竊案啊！**

耳際，旁邊的兩人開始介紹起文物的特色，聽起來相當興奮，愛德華甚至想要把箱子統統拆開，依洛連忙制止了他，以免破壞現場。他不清楚這裡的走私法例，但一般來說這種罪案都得留給海關處理。

之後，他沿著狹窄的貨架間拍照，彷彿游走在文物組成的迷宮之中。**太壯觀了，**他開始了解考古學家們為什麼會對它們著迷。他發現凱旋也迷醉地環顧四周。他們的腳步在空盪的倉庫形成回音，如同重重交疊著的鯨魚歌聲。

依洛把所有貨架都拍照存證，回到貨倉入口。碼頭工人仍呆坐在遠處，於是向他喊道：「我們還要弄一會，你可以先去忙。」

「不急，你們慢慢來吧！看完記得把鐵閘拉下！」工人一邊說著，一邊離開。

還有時間，那我就在這裡採訪吧！他打開錄音，向愛德華說道：「主席，我們可以開始了。」

愛德華似乎向凱旋點了點頭，但依洛不敢肯定。他想起一路上他們兩人都在密談，非洲考古學聯盟也在計劃著什麼，他決定在採訪的過程中把它找出來。依洛比了一比整個倉庫：「愛德華主席，以你對非洲文物的認識，這些古物是屬於尼希諾尼亞的嗎？」

「『屬於』？」愛德華仔細咀嚼這個字眼：「我不確定這批文物現在是『屬於』誰的，但我相信它們原先是尼希諾蘭考古局的收藏。它們統稱為諾斯德文物，是三百多年前非洲一支土著的遺產。喬……我指，我們調查到，已故的加爾雷博士有可能把文物藏到這個地方，於是到來察看一下。既然已確認加爾雷的犯罪行為，之後我們會交給政府來處理。」

「那麼，這批諾斯德文物會有什麼下場？」

「在布馬瑞卡政府下決定前，我不會有任何判斷。不過我們會爭取保護它們，讓它們遠離戰火。」

等一下。依洛有點困惑：「你是指文物會是尼希諾尼亞叛軍的攻擊對象？」

「就算不是攻擊目標，內戰也是古蹟被破壞的主要原因之一。有些寺廟在經過轟炸之後，再也不可能回復先前的樣貌。考古局可能是擔心這一點，才將這些文物偷運出來。但我們得等偉文他們來到布馬瑞卡後，才能得知真實的情況。」

前題是他們能安全抵達，依洛憂心地想著。**至於諾斯德文物**……他看進愛德華的眼睛：「這批文物有什麼特別的價值？它們是否跟考古局成員的遇害有關？」

主席皺眉道：「這倒是很奇怪的一件事，因為說到底，它們並不是什麼稀有的古董。比起搶奪文物，我更相信是陣線是出於宗教或政治的原因來追殺他們。據我所知，那群激進分子原先就很厭惡知識分子，後來考古局還帶頭背叛了利斯政權，這都可能為他們招來殺身之禍。」

這證實了我的猜想，依洛點點頭。他問道：「這麼大批文物失竊，為什麼非考聯直到現在才注意到？」

愛德華顯得有些窘態。

「主要原因……呃、是在三年前，考古局因為假造論文，間接毀了諾斯德文物的聲譽，導致學術界有一段時間都沒有關心它們的下落……」愛德華瞥向依洛背後，咳了一聲：「其實也不能全怪考古局。在利斯的壓力下，他們想要早點拿出驚人成果，結果卻走了歪路。我們得知考古局被陣線追殺後，也立刻聯絡他們，希望幫助他們避難。至於諾斯德文物，我們也準備保護它們。」

這時，他身後傳來凱旋的聲音：「對了，我們該什麼時候去報警？」

依洛轉身，看到富二代正百無聊賴地把玩著手機。

他回答道：「差不多了。再問一兩個問題，基本上我就可以把報導寫出來了。當然，我會先等警察到來，幫忙解釋一下情況。」

「那我也有需要留下來嗎？」

「你有空的話就最好了。但一般來說，今天海關頂多只會封鎖現場，負責調查和鑑證的人之後才會想要了解詳情，那時候或許會再找你們問話。」

凱旋凝視著空氣，然後道：「這樣的話，我還是等他們通知好了，因為我晚點得回公司一趟，處理潔絲卡的入境手續。」

他大踏步離開，留下愛德華繼續接受訪問。

依洛點點頭。而趁著採訪被打斷的空檔，他傳了一封短訊給羅德，告訴他文物失竊的事。不到一分鐘，羅德來了個視訊電話，希望能親眼看看。

「等等——」電話傳來他的聲音：「你就在第一手現場？了不起，真了不起！你在哪裡？我派人過來支援。」

「我在貝瑪連貨櫃碼頭的七十七號貨倉……」依洛把手機貼回耳際：「我差不多採訪完了，晚點就會回報社，等下就會把資料傳給你們。」

「很好，很好。那我先把頭版的位置空出來。」羅德說道：「你總是令人刮目相看！你是怎麼查到的？」

「主要是非洲考古學聯盟提供了線報。他們發現有批文物下落不明，然後沿著線索找到這裡來——現在他們的主席就在旁邊，正給我一些諾斯德文物的背景資料。目前顯示是尼希諾蘭考古局暗中把它們藏起來的，但還不清楚原因。」

「嗯……我會找弗拉得去問尼希諾蘭政府對此有什麼看法。你把照片傳回報社後，我們會幫忙整理的。」

掛了電話，依洛立刻傳送照片和錄音檔，然後打給警方告訴他們文物失竊的事。不到一小時，警察和碼頭的高層出現，一頭霧水地想要了解情況。他和愛德華主席努力解釋狀況，終於能在晚上離開現場。

回去報社的路上，漫天星辰在頭上轉動。好美，然而他距離市中心越近，星光就越黯淡下來，人工光芒取而代之。其中帷天報社大樓的所有燈都亮著，成為周遭最亮眼的一棟建築。

幾乎所有人都已經回到報社，正幫忙校對背景及新聞稿。「快，快！我們還要印出來哪！」羅德似乎對著某個人吼道。

而依洛還沒有走回座位，就已經被同事和文件團團包圍著。每個人都想要更多背景資料。核對、修改、重新排版……再把以上步驟重複無數次。當把工作完成，所有人都幾乎虛脫，甚至沒有餘力咒罵依洛。他努力賠笑，然後躲到會客室中暫避風頭。

「恭喜。你似乎總是挖到寶藏。」

這聲音……他抬頭，看到莫娜正站在他面前。

「呃……」他囁嚅著開口：「妳在前線的採訪怎麼樣？」

她的眼神更加冰冷。「在菲利普死後，報社取消了一切有風險的採訪活動。」

依洛說不出話來。**我早該想到的**，他想要道歉，但莫娜先一步開口。

「我準備到攸斐去，聽說那個港口出現了新的青年反抗軍。」

尼希諾尼亞東部，依洛看到她眼神決絕。**妳想要追逐死亡嗎？**他猶豫道：「我想報社暫時還不會派人到尼希諾尼亞……」

「——我不需要羅德的批准。」她一轉身，準備離開會客室：「我上星期已遞了辭職信。」

凱旋(10)

「點算貨物？」在碼頭入口的登記處，管理員額上揚起一輪輪的皺紋。

凱旋遞出加爾雷的提貨單，還有自己的名片：「我們昨天打過電話過來，提過今天會代表加爾雷先生，檢查一下我們貨物的狀況。」

「喬先生，沒錯。呃，好吧……」管理員看一眼名片和桌上充斥潦草字跡的筆記，朝附近一個理貨工人大喊：「……溫默！」

「怎麼啦？」那人大聲回喊。

「七十七號貨倉，給他們帶路。」

理貨工人雙手在褲子上擦了擦，一言不發，領頭就往遠方密集的建築群走去。接下來，他們四人形成一個奇異的組合，在貝瑪連貨櫃碼頭中穿梭。港口的煙霧讓天空染上一點灰暗，油亮的地面布滿貨物拖曳的污痕。

「我還是覺得我們應該先報警。」愛德華壓低聲線，刻意不讓走在前方的依洛和工人聽見。

「我們還不肯定加爾雷是否真的把東西藏到這裡，」凱旋回答道：「如果我的臆測變成了事實，時間就會比想像中緊迫。按照法例，這裡的海關有權把它們充公，但我們可以爭取暫時保管它們的權利。」

「用什麼理由？」

「這裡的文物走私法。它明訂在海關調查期間，最近的博物館有義務保存好相關文物。這會讓非考聯負責諾斯德文物的保護工作直到調查結束。然後這批文物就會成為你們的收藏，或者被布馬瑞卡政府拿去拍賣；我們得確保後者不會發生。為此，我們需要聯合國教科文組織的支持。這也是我帶記者過來的原因，希望能把這件事弄得越大越好。」

愛德華皺眉：「但尼希諾尼亞也有可能會要求我們把文物歸還……」

凱旋打斷了他：「——如果非考聯主動跟他們達成協議的話。但那種情況當然不會發生。」

「老實說，搶到一批廉價文物，不見得對我們有什麼好處。它們會占滿我們倉庫的空間，也沒有辦法作長期的展示，還得花錢去維護。不划算，太不划算了。」

凱旋聽到遠方傳來海鷗沙啞的噪聒。他用最樂觀的口吻回答道：「別忘了幾天後的高峰會。如果這批走私物變成聯合國教科文組織的關注議題，那它們就會一夜間聲名鵲起，非考聯的手上也會多出數百件的稀世奇珍。那個時候，你們可以借給全世界的博物館作展覽。」

這時，他們看到了目的地：一排貨倉佇立在空地的對面，其中一個的牆壁上印著偌大的「77」字樣。於是他們中止了悄悄話，快步追上前方的二人。

「我們到了，就是這裡。」工人拉開鋁質的捲閘，然後蹲坐在外面，讓他們去「清點貨物」。

步入倉庫，他們一行人中，誰都忘記了說話。

一眼望去，數十個流動貨架密密麻麻地擠在倉庫中，每行的空隙僅容一人側身通過。貨架綑上了幾層像保鮮紙的膠膜，裡頭有九個木箱，大小跟裝著馬瑞卡泥版的完全一致。

凱旋的呼吸在寂靜的環境中逐漸放大。他粗略計算，整個七十七號貨倉起碼有四、五百件文物，與他之前的估計相同。其中最接近門口的貨架已被拆開，木箱在地板上疊成一個不完全的金字塔型。他幾乎可以肯定馬瑞卡泥版曾經是當中的一員。

「天啊！這數量真龐大！」記者依洛看起來憤慨多於驚嘆。

凱旋看到靠牆處放著一根鐵撬，於是拿起來走向其中一個木箱。

「對啊！」他隨口同意道。他將鐵撬插進木條的縫隙間，然後用身體的重量壓下去。木箱蓋子應聲鬆脫，他拆開防水布包，立即認出諾斯德文物那獨有的鵝黃色彩。這件文物的邊緣並不規則，中間刻著一個人，雙手舉起，手指如同樹枝般向上延展。

「這個就是諾斯德文物？」記者探頭過來，鏡頭向著文物對焦。

凱旋說：「沒錯，它的顏色與同期的出土物一致。你看這個圖案，代表了人類對太陽的敬意，那是諾斯德文物的中心精神。」

「加爾雷把考古局的所有文物都放在這裡嗎？有沒有其他種類的文物，像埃及或中東的？」

愛德華反射性的望向貨架，眼神一亮：「不曉得。據我所知，考古局裡面大部分都是諾斯德文物，但裡頭可能混雜了教授們的私人收藏。對，有機會出現其他古董。喬先生之前提到，你想要我為文物做專業的解說，那我們得把這些箱子全都拆開嗎？」

凱旋感到自己的眉頭皺了起來。他還是滿腦子想著埃及文物。

依洛回答道：「請儘量別破壞現場，剛剛那件文物就足夠了。其餘要等待海關公布名單，我們才知道裡面有什麼東西。」

凱旋看著記者在貨架間穿插，從不同角度拍攝現場。他也不禁環顧四周，隨意踱步，感覺自己像置身巨大的圖書館，靜穆形成了一種氣壓。

四百件文物……凱旋記得這數量差不多等於諾斯德所有出土物的一半。五天後，當考古局的逃亡學者來到布馬瑞卡，他們就會發現文物已被海關扣查著。凱旋突然擔心起來，他們可能會在高峰會上吼叫著要取回文物，而不是交到非考聯手上。

這個新的危機占據了凱旋的心頭，他憂心地望著一排排貨架，想著該怎麼應付考古局的人。這時，依洛已開始跟愛德華進行採訪，開始詢問非洲考古學聯盟對走私文物的看法和立場。最好是情況是說服他們，要他們用文物換取安全的避難所。

等等，靈機一觸，他冒出了一個解決方法。行政吸納。除非……

除非愛德華把偉文那夥人吸納到非考聯架構內，讓他們名義上保有文物，但實際上變成聯盟的館藏……凱旋望向主席，決定晚一點向他提出這個方案。

「——考古局可能是擔心這一點，才將這些文物偷運出來。但我們得等偉文他們來到布馬瑞卡後，才能得知真實的情況。」

什麼？凱旋悄然走到記者的身後，咬牙切齒地對著他搖頭。

愛德華注意到他了，但仍繼續說著：「這倒是很奇怪的一件事，因為說到底，它們並不是什麼稀有的古董。比起搶奪文物，我更相信是陣線是出於宗教或政治的原因來追殺他們。據我所知，那群激進分子原先就很厭惡知識分子，後來考古局還帶頭背叛了利斯政權，這都可能為他們招來殺身之禍。」

不、不。**這樣不行**。凱旋揮舞著雙手，先是指向貨倉中的所有文物，接著比出大拇指。**媽的**，他感覺自己像個默劇小丑。

依洛問道：「這麼大批文物失竊，為什麼非洲考古學聯盟直到現在才會注意到？」

因為我。不知道是不是搞懂了他的意思，愛德華終於換了口風，承認非考聯曾經低估了諾斯德文物的學術價值。

真是沒用。凱旋決定先打斷他們：「對了，我們該去報警了嗎？」

記者看了一下手錶。「差不多了。再問一兩個問題，我基本上就可以把報導寫出來。當然，我會等海關過來才離開，幫忙解釋一下情況。」

「那我有需要留下來嗎？」

「我想不用了。今天海關頂多只會封鎖現場，到明天鑑證人員才會開始調查，那時候或許會找你們去了解詳情。」

凱旋給小葉傳了個短訊，就隨便找了個理由離開貨倉，幸好記者和愛德華都沒有細問他的行蹤。離開時，記者似乎正跟上頭匯報自己的工作。**要盤問潔絲卡，現在是最好的機會**。他匆匆趕回辦公室，路上看到天際僅剩下一點亮光，雲層暈開成眩目的粉紅。

不一會，他辦公室的門被敲了兩下，傳來小葉的聲音：「老闆，我把她帶來了。」

他走過去打開房門，眼光不由得落在潔絲卡身上。她換了件樣式簡單的亞麻裙子，看起來天真無邪，但眼神尤如受驚的小動物。凱旋想到，**加爾雷才剛離世，有這種反應也是很正常的**。

「喬先生——」女孩猶豫著開口：「聽說我需要辦一些入境手續？」

「沒錯。歡迎，潔絲卡。」他招待她進入辦公室，示意她在茶几旁邊坐下，上面正放著要她簽署的文件。看到她淺淺的坐在沙發邊緣，凱旋決定先展示善意。他從一側的冰箱拿出一罐可樂，放到她的前面：「有關妳養父的事，我真的很抱歉。」

潔絲卡臉色蒼白起來，裙擺簌簌抖動。不，這樣不行。我得說些她感興趣的話題。凱旋看著她眼框逐漸變紅，不知道該說些什麼。

這時，她發出蚊蚋般的聲音：「他是個壞人，把爸爸的東西都藏起來。」

凱旋張大嘴，身體不能做出任何動作。依洛還沒有把報導寫出來，她是怎麼知道的？安妮跟她說的嗎？不，安妮應該知道這件事的嚴重性，也沒有必要在報導前告訴她。

如果她早就知道加爾雷把文物藏起來……他冒出一個想法，登時寒毛直豎起來。如果她早就知道這件事，那她有跟別人說過嗎？

等等，難道加爾雷的死——

突然，很多不相干的徵兆串連起來，事情的脈絡像基因螺旋柱般延展著。他想到她的身世、她的行動……然後靈光一閃，思維跳躍到依洛的遭遇，以及他失而復得的照相機上。

噢，天啊！可樂罐上的水氣凝聚成汗滴，慢慢沿著罐身流下來。**民族自決陣線，就是一切的關鍵。**

凱旋開口，聲音聽起來竟不像是自己的：「是陣線的人把依洛從孤兒院中救出來，對吧？」

潔絲卡猛地抬頭，臉孔偏執地緊繃起來。

「對，他們是好人！」她開口道。

凱旋記得，依洛曾經提到自己因吸入過多濃煙而昏迷過去。就算凱旋不太熟悉醫學，也知道他的身體狀況不可能支撐到難民營，**那代表有人把他救了出來，還當場為他急救**。而當時，只有民族自決陣線在場。凱旋不知道是出於什麼心態，叛軍決定把潔絲卡和依洛放走。**然而，只有這個推論正確，才能解釋後來所發生的事。**

「所以妳一直有跟他們聯絡……」凱旋深吸了一口氣：「加爾雷把文物藏起的事，妳也跟他們說了。」

我不是第一個發現加爾雷走私文物的人。身為他的養女，潔絲卡更有可能早就看出蛛絲馬跡，而她顯然也告訴了陣線。對於陣線破壞孤兒院，以及拯救依洛的舉動，凱旋擔心潔絲卡已把他們當成某種英雄。**而陣線也樂得有一個小小間諜，**他心中暗忖，不然，當他們要幹掉加爾雷的時候，不會那麼清楚他的行蹤。

潔絲卡站起來，臉色脹紅：「叔叔他是罪有應得！」

她一轉身，就往辦公室的門口衝去。小葉見狀扣住她的手腕，潔絲卡大聲哭號，用力掙扎，另一隻手往他身上亂拍亂打。

「小葉，放手！」凱旋當機立斷，大聲一喝。然後，他一拳往助手臉上掄去。

對不起了，小葉。小葉瞪大眼睛，不敢置信地倒在地上。

凱旋暗中向他打了一個眼色，然後馬上轉向潔絲卡。他扶著她的肩膀，關切的問道：「他有傷到妳嗎？」

看到她搖了搖頭後，他慢慢的說道：「我是妳父親的朋友，不是妳叔叔的，而他的確是罪有應得。他把文物藏了起來，但我們已經找到它們了，並且正計劃交到非洲考古學聯盟手上——不相信我的話，可以看看明天的新聞。只是有一件事，妳得告訴我。」

他望進那圓大的眼睛：「偉文教授和很多考古學家正準備過來這裡。妳有跟陣線提起過他們嗎？」

沒有回答。潔絲卡眼神不確定地飄移著，牙齒咬著下唇。

們。

噢，天啊！他努力思考，想著到底該怎麼去挽回局勢。得有人去警告偉文他

依洛(11)

胡說八道。完全沒有道理。依洛腦袋像溢血一般，湧起把凱旋攆出會客室的衝動。「她為什麼要想要他死？那是她的養父啊！」

凱旋畏縮地退後了一步。「她已經坦承了。那女孩告訴我，是她把加爾雷的行蹤告訴民族自決陣線的成員。」

依洛一時說不出話來。**陣線？怎麼……為什麼？**「那不可能——」

「——這在心理學上稱為投射作用……」凱旋打斷他：「潔絲卡恨孤兒院的人渣，也恨加爾雷忽視她的痛苦。相反，陣線的恐怖襲擊卻將她和你救了出來，將他們視為英雄，在我看來絲毫都不奇怪。」

「她才差不多十歲！還是個純真的小女孩！」

「她十二歲，而且很聰明。」凱旋續道：「孤兒院死了那麼多人，卻只有她逃出生天，那不就是最好的證據嗎？」

你怎麼能這樣說？是她運氣好——依洛差點脫口而出。

然而，他腦中一震，思緒閃到孤兒院的地下室。「不，有火！」他記得當自己想要去拯救其他人時，是潔絲卡喝止了他。

她並不想其他人得救，依洛不禁倒抽了一口氣，發覺凱旋的話竟有點道理在。

不，我不相信——

「但追殺學者的人並不是陣線！」他大聲反駁：「是尼希諾蘭軍隊！」

下一刻，換成凱旋啞口無言。

那富二代直挺挺地呆望著依洛，問道：「你是什麼意思？」

「在陣線出現在合巴五村之前，那些考古學生跟教授已經死掉，所以他們不可能是真正的兇手！而且，那天我同事拍攝到兩部可疑的軍裝車，後來我們查證過，尼希諾蘭軍隊有著同樣的型號——」他說出結論：「軍政府才是屠殺的元兇，他們想要把這件事嫁禍給陣線。」

可惜的是，除了那張模糊的照片，我們沒有更多的證據。幸虧積克在逃跑時把它拍下來，報社後來才發現到真相。

「可疑的軍裝車……」凱旋複述。他似乎想到了什麼，一手支著額頭：「等等，噢，所以他那時候發現了這件事……」

「他？」那是誰？

「呃，那不重要，」他猛然回神，擺了擺手：「但如果你說的沒錯，那為什麼陣線承認把加爾雷殺掉？而且潔絲卡告訴我，他們正在追查考古學家們的下落。」

潔絲卡與陣線勾結一事仍然讓他震驚。**這代表我花太少時間在她身上，這絕對是一個記者的失職**。他深吸了口氣，藉此填補胸膛的失落感。這時他逐漸冷靜下來，並開始相信凱旋的推論。

他一邊思考，一邊說道：「加爾雷的死，是因為他侮辱陣線；但我想，尼希諾蘭政府對考古學家的剿殺，應該有著不同的理由。如果能聯絡得上偉文教授……唉，真希望他們能安全離開尼希諾尼亞。」

凱旋點頭道：「沒錯，情況非常危急。那我去查一下尼希諾蘭政府的動向，搞不好會有新的發現。」

可能是意識到分秒必爭，他俐落地道別離去。

依洛繼續待在帷天報社的會客室，整理混亂的思緒。四周空氣靜穆得有如黃昏的寺廟，令自己的呼吸聲更顯響亮。牆上貼著最近幾天的頭條新聞，他看到自己的名字不斷出現，一時間彷彿回到剛領「普立茲獎」時的輝煌日子。

不管怎樣，我都達不到當初的願景，他苦澀地想著，轉望向櫃架上的一張相片，那是他在哥倫比亞大學時與其他得獎者的合照。相片中，皎白的大理石柱間掛著偌長的藍色旗幟，上面印有皇冠的圖案，那個人志得意滿，正準備前往危險而未知的非洲蠻荒。

結果，報社想要的只是他的名聲，而非他的能力。在這幾年間，貼近前線的採訪處處受限，還不斷陷入辦公室政治的泥淖，鬥志逐漸被風砂磨蝕。**現在連莫娜也要離開了。**

不，我得專注在考古學家的遭遇上，依洛從飄浮的思緒中猛然一醒。剛才凱旋替他釐清了一個未解的謎團：**在我昏倒的時候，是阿堡跟塞利特把我拉上來的……**

他抓緊袋中的相機，**他們的目的是什麼？**

他目光一掃，察覺到門邊有些動靜，似乎有人正探頭探腦地窺視著自己。視線交錯，那是積克和塞昂。**我的採訪隊成員。**他們尷尬地敲了敲門，然後走了進來。

「剛才我們聽到房間傳出爭執聲……」積克問道：「你沒事吧？」

「我沒事……」他努力讓自己提起精神：「只是有點累了而已。」

「嗯，你的臉色不太好，應該再休息一下。你知道，我們是一個團隊，有什麼事不用一個人把它扛下。」

他們說的沒錯，依洛感覺自己最近似乎背負太多事情。而且得有人看著潔絲卡，以免她做出更多傻事。在他記憶中，這個國家在保護線人方面並不怎麼樣。

「那我有件事想要拜託你們——」依洛說：「但首先，你們冷靜點聽我說。」

他開始解釋凱旋對潔絲卡的懷疑及猜測，包括潔絲卡把加爾雷的行蹤告訴陣線。還沒說完，同伴們已對這件事有不同的反應。

「報社可是有很多機密資料的。」塞昂說：「我沒有直接見過她，但萬一她真的是陣線的間諜，還曾害死自己的養父……我覺得將她交給政府，對誰都比較好。」

積克說：「我想她根本不知道自己幹了什麼，或者我們可以先把她送到難民營？老實說，非考聯也沒有收留她的法律依據。不過，只憑那個富二代的片面之詞不太可信，我們應該聽一下潔絲卡的說法。」

「同意——」依洛點點頭：「那麻煩你先把她帶過來了。」

過了二十分鐘，積克把女孩領到會客室，那時採訪隊對於該怎樣處置她仍未有一致的結論。

依洛看到那女孩的樣子更加憔悴，泛紅的眼睛下有著明顯的黑眼圈。她咬著下唇，疑懼不定地望著所有人。

「先讓我跟她談談，」他說道，其他人於是魚貫離開。當潔絲卡坐下時，她的表情仍未放鬆。

依洛開口道：「在我差點被悶死的時候，是阿堡和陣線的人救了我。」

潔絲卡握緊座椅的扶手，以致指節骨變白，但是卻沒有回答。依洛感到自己又回到那個地下室，空氣既死悶又沉重。他依舊不願意相信潔絲卡有意害死任何人，但他知道自己不問個明白，再也無法坦誠地跟她對話。

採訪第一守則，先建立親近感。他繼續說道：「妳當時一定非常勇敢，才會請求那些殺氣騰騰的叔叔把我救上來。不管其他人怎麼說，這都證明妳其實很善良，而且無意去傷害任何人。」

「所以陣線是好人！」潔絲卡瞪大雙眼，偏執地望著依洛。

她沒想到他們會把加爾雷殺掉，從她語氣中的痛苦，依洛立刻體認到這一點。**她在強迫自己相信陣線是正義的，不然她就會變成邪惡的幫凶**。

「他們當中有好人，也有不好的……在我被他們俘虜的時候，有些叔叔想要虐待我，其他人則阻止了他們。我想在加爾雷的事情上也是一樣，當中部分應該有所猶疑。當陣線聯絡妳時，有沒有告訴妳他們想要殺害妳養父？」

「我，……我不……但……阿堡沒有告訴我……」

「那妳想要他死掉嗎？」

「我恨他，我很壞！但不……」她突然雙手掩臉，失聲痛哭，但他很清楚地看到她搖了搖頭。她的身體搖晃，像快要散架的樣子：「我沒有想他死！阿堡說，只是要跟他談談！我沒想要殺他！」

他走過去一把抱緊她，輕輕說道：「那麼，在他身上發生的事跟妳一點關係都沒有。就算他們不問妳，加爾雷也一直在曝露自己的行蹤，陣線找上門是遲早的事。」

潔絲卡伏在他的胸膛，顫抖著。她沒說話，但依洛可以感到一股溫熱又潮濕的觸感沿著他的襯衫蔓延。當他把手放在她頭上時，她抬起了頭。

「還有……」她的眼神混雜著希望和絕望：「阿堡也有問我偉文教授的事。他也想要殺死他們，是嗎？」

「現在什麼都說不準，如果我能親口問他就最好了。」他語帶保留地說道：

「妳之前是怎麼跟他聯絡的？可以告訴我嗎？」

她點點頭，然後寫下一個電話號碼。

依洛考慮要不要在她面前撥打，但她可能幫得上忙。咬一咬牙，他在手機上輸入號碼，然後按鍵。

電話接通了，對面卻沒有傳出聲音。依洛還在猶豫該怎麼表明身分，劈頭就傳來一把兇悍的聲音：「你是誰？」

他的心突了一下。「我是依洛，那個曾經被你們抓住的記者。我想要跟阿堡說話。」

不到一秒，電話馬上被掛斷。噢，我搞砸了。

「或者讓我——」潔絲卡才剛開口，依洛手上的電話突然響起，嚇得她嬌軀一震。他深吸口氣，拿到耳際：「哈囉？」

對面傳來的，卻是凱旋的聲音：「指節谷公路有異動，政府加強了那裡的警備。」

依洛還沒做出回應，這時又有一個來電，於是他告訴凱旋晚點會再回電。這通電話的背景有沙沙的雜訊聲，但依洛馬上認出那蒼老的口音。

「所以，那個女孩告訴你了。」阿堡低沉地開口道：「依洛先生，你找我們有什麼事？我希望穆杉都的人並不在你旁邊。」

「我在布馬瑞卡的報社。我找你，只是有些事情想要弄個明白。是你把我救上來的，為什麼你們要這樣做？」**在殺了那麼多人之後？**

「我說過了，我們不是恐怖分子。我也想不到什麼理由要一直把你留著。」

「如果你們不是恐怖分子……」依洛義憤填膺，一時忘了記者的身份：「那你們為什麼在匯視大樓炸死加爾雷博士，以此來恐嚇反對你們的人？」

「加爾雷？你是在說——」阿堡拉長了語調，似乎是在思索：「那個小偷？太多理由了。」

「小偷？他是個考古學家。」

「當他把屬於這片土地的東西拿走時，他就是個小偷。對了，那個人似乎很想出名，現在他終於如願以償了。」

天啊。凱旋想的沒錯，陣線也關注著諾斯德文物。

阿堡繼續說道：「美國人來了，之後換中國人。這些工廠大廈不是我們的東西，也並不真正屬於我們國家。我們不只要重建尼希諾尼亞的道德，更要重建我們的文化……太多事情要做了，而我們歡迎所有有志之士。」

他是在勸導我加入嗎？依洛懷疑他們在東奔西跑的過程中，還有沒有餘力保護文物。**何況，你們已經做出太多事情了。**「不管你們是否真心想要保護它們，你們連一個安全的居所都沒有。而布馬瑞卡則相反，在文化保育——」

「——都沒有差別！」阿堡的聲線提高了：「什麼考古組織？都只是一群分贓不均的強盜，窩裡反，黑吃黑！文物是我們的東西，我們不能讓國寶落入異教徒的手中！」

電話突然中斷。依洛嘗試再打過去，卻發現那個號碼已經不能使用了。

我得警告偉文和他的考古學家，哪怕是得親身犯險。他沒想到，尼希諾蘭政府軍及叛軍不約而同地盯上了他們。他思考接下來該怎麼辦，而潔絲卡在椅子上一言不發，像等待著什麼。

先處理她好了。他召來塞昂，然後輕輕揉了揉潔絲卡的頭。

「現在我們先把妳帶到難民營，妳在那裡會比較安全。」他轉向塞昂：「麻煩你幫忙打點了，記得請求約翰安排好一點的地方給她住。」

他們離開後，他把最新的發現跟凱旋分享。

凱旋認為陣線的下個目標是高峰會，雖然依洛並不認為陣線的勢力已滲入布馬瑞卡。但他的擔憂並不無道理。最後，凱旋問道：「那你呢，打算要怎麼辦？」

「拯救偉文他們，」依洛回答。但他決定不再讓他的小隊冒險，他們負責照顧好潔絲卡，他心想，我有另一場戰爭要打。

凱旋(11)

相比起尼希諾尼亞，布馬瑞卡的警局裝潢顯得更現代化，基本設備也相當齊全。**起碼這裡有空調**。凱旋和安妮博士坐在布質椅子上，等候海關人員的到來。

今天由老教授代表非考聯，根據愛德華的說法，原因是安妮「在諾斯德文物上比較專業」，雖然凱旋感覺那不是最主要的原因。**主席負責出鋒頭，麻煩事就推給她了**。然而。即使安妮有所不滿，他也不能從她的表現上看出來。

她笑瞇瞇的說著：「海關那麼快就找上了我們，看來這兩天的報導還真有效啊！」

這宗文物失竊案，理所當然占據了帷天日報的頭版，接下來電視台、電台也開始出現相關報導。**以依洛的名望，這件事很快就會傳遍國際吧！**

安妮繼續道：「還有一個好消息。聯合國教科文組織的專員今天會就到達，我想他應該會注意到這件事。唯一要擔心的是尼希諾尼亞，我們原先以為新政府會在這幾天內要求歸還文物，但他們竟然還沒有做出反應，真是稀奇。」

「我也是這樣想。」凱旋回道：「不過，加爾雷能從他們的眼皮底下把文物運走，已經證明他們根本沒有多重視它們……就算他們提出歸還的主張，也只是想要撈些政治籌碼而已。無論如何，如果教科文組織在高峰會上公開支持我們，那事情就更加保險了。」

他注意到兩位政府官員正朝他們走來，於是安靜下來。

其中一名五十來歲的男子表情嚴肅得像在奔喪。他蓄著整齊的鬍鬚，油亮的頭髮貼在腦後。他開口道：「首先，我得感謝你們揭發了這宗走私案。我是海關副關長穆罕默德．耶尼爾。旁邊的是罪案調查科科長戴夫。」

另一人則較為年輕，臉頰瘦削而結實。那人問道：「這是怎麼一回事？聽說你們在弄什麼高峰會，結果發起人監守自盜，還在尼希諾尼亞被人炸死？」

「我想你誤會了……」安妮疑惑地道：「加爾雷從來都不是非考聯的一員，更跟高峰會沒有任何關係。」

他們開始詳細說明事情的來龍去脈。期間，凱旋將加爾雷把文物偷運出國的證據交給戴夫。除了提貨單外，小葉還找到貨物處理費的收據、整箱和拼箱的托運文書，絕對足以證明加爾雷的罪狀。

「不得不說，這真的很專業。穆罕默德你看，幾乎所有文件都全了——」戴夫一面翻著文件，一面笑著：「喬先生，你有興趣來跟我們工作嗎？」

「不了，我玩玩文物跟古董就好。」凱旋應酬式地笑了兩下，然後進入重點：「說到文物，非考聯有意借出專門的儲存室及分析儀器，協助你們進行調查。」

戴夫道：「什麼？謝謝你的好意，但不行！它們是警方的證物，在調查完成之前我們會負責管好它們！」

「當然了，但空氣的水分、甚至光線都會破壞文物——」

「——而我們有專門的管理設備。」安妮拿出一份文件：「根據這裡的文物保護法，我們有義務保管這批走私品。但別擔心，我們只是負責維護而已，它們仍然是屬於你們的，你們可以隨意拿去化驗。而如果你們需要我們的專業知識，我們也很樂意提供。」

戴夫和耶尼爾互望了一眼。耶尼爾的大拇指撫過鬍鬚，沉吟道：「這個……我得和上頭再研究一下，如果他們同意，我們會再轉交給你們。但在這之前，我們得暫時扣留這些走私物。」

安妮點了點頭：「那很公平。但希望你們能儘快處理，這些文物比想像中脆弱，而在下星期高峰會，聯合國教科文組織可能想要看看它們。」

最後一句話讓兩人起了反應，凱旋看到戴夫眼珠睜大，而耶尼爾的動作也僵硬起來。**我們贏了**。

耶尼爾匆匆的說道：「很好、很感激非考聯的支援。那，我們會在這兩天內回覆。」

接著他們交換了電話號碼，方便隨時聯絡。**又搞定一件事**。

一走出警局，暑熱的空氣撲面而至。凱旋擔憂的開口道：「現在我最關心的是考古局成員的安危。我助手查不到加爾雷到底是怎麼聯絡偉文教授的，要不然，我們就能重新安排他們離開那個鬼地方。」

他沒有透露潔絲卡的秘密，以免節外生枝。**或是影響到高峰會的舉行**。

安妮回道：「希望他們平安無事。如果他們能趕上高峰會的話，就可以現身說法，告訴大家尼希諾尼亞並不是保存文物的好地方。你說得沒錯，要是聯絡上他們就好了，你是經營物流生意的，懂得一些比較安全的路線。」

最安全的路線就是指節谷公路，而陣線不會讓他們活著通過。公司再有錢，恐怕也不能幫助這些學者對付一整支武裝分子。**而且，我不能再讓公司為了我的個人**

興趣而陷入險境——如果陣線掌握了偉文一夥的行程，那指節谷很可能會變成他們的葬身之地。

一定有些事情是我可以做的。凱旋思考，**或者，**可以找知道該怎麼辦的人。

他腦海浮現出一個身影。

在告別了安妮後，他打了通電話到帷天報社，然後在街口召了一輛計程車，前往它處於市中心的總部。那裡是古老的商業區，在路上，馬路兩旁呈現新舊交錯的建築風格，夾雜著肅然的氛圍。部分公寓門前停泊著密密麻麻的汽車，許多卻積滿了發白的灰塵，顯是長期沒有動過。

等一下我應該告訴他真相嗎？在凱旋的印象中，依洛毫無架子，實在看不出他是帷天報社的王牌記者。但他昨天再細讀他的資料，越來越感到這個人了不起。那記者曾經拿到過「普立茲調查性報導獎」。到了非洲後，在陣線的手下逃出生天的事蹟則再次讓他聲名大噪。

由他負責文物失竊案的報導，不啻於中了百萬元彩票。凱旋猶豫著，**如果我告訴他潔絲卡的事，會讓局勢變得更加混亂嗎？**

然而，尼希諾蘭考古局只剩下少數學者，凱旋得寄望他們重建諾斯德文物的研究成果。這時，計程車到了目的地。

帷天報社總部有著宏亮的大堂，以及黑白交錯的大理石地磚，上方則是二樓的走道，扶手處還綴飾著一些彩帶和氣球。經過入口櫃檯和警衛的查問，他被帶到了會客室，等候依洛到來。

他掃視了一眼周遭環境。會客室裝潢成傳統歐式風格，紅木櫃放滿獎盃和紀念狀，牆上掛著一面水松木板，上頭釘了好些剪報。他看到有些報導是來自別的報社，於是好奇地細讀起來，發現它們記載的正是依洛的事蹟。

28 歲的依洛·H·荷勒是一名自由記者，於3月27日失蹤。當時他正在為當地的帷天報社工作。期間，當地的武裝分子『民族自決陣線』流傳出一段視頻，內容是依洛替組織宣讀聲明，反映他遭受脅逼的情況。

尼希諾蘭政府曾多次交涉，要求贖回依洛不果。幸而，在6月18日『民族自決陣線』的一次恐怖攻擊中，被帶到現場的依洛不僅趁機逃離，更揭發了當地販賣人口的情況。

『他的成就著實令我們震驚。他對事件總是有著一流的直覺，』帷天報社的總編輯羅德·凱因表示。『他在兩年前，揭發了黎巴嫩一座煉油廠的貪污醜聞，已經為他在業界贏得了雄厚的聲譽。這次他在非洲無休無止的追查，亦終於有了收穫』

一個聲音傳來：「這些報導太過誇張，讓我都感到不好意思了。」

凱旋轉頭，看到依洛的微笑帶有一絲尷尬，但整個人仍舊散發著活力。他回應道：「如果寫的是事實，那沒什麼不好意思嘛。換是我，我老早到處吹噓了。」

「這樣可交不到朋友啊！對記者來說可是致命傷呢，哈哈。那麼，到底是什麼事？有關諾斯德文物的嗎？」

「我剛剛跟海關見面，把證據交給他們了。不，我是來說潔絲卡的事。」

「潔絲卡？」依洛皺起眉頭：「她怎麼了？」

「那等下再說。首先，我終於搞清楚了一件事：你在德肅孤兒院時吸入大量濃煙而昏迷，我知道是誰把你救出來的。」

「我沒有說嗎？」依洛笑道：「是潔絲卡找村民把我拉上來，之後難民營的職員把我送到邊境的一個醫院中。真是個聰明的女孩啊，潔絲卡。」

「以你當時的情況，我不認為可以支撐那麼久，再加上你身上出現了一部不應該出現的相機……於是我起了疑心，去找潔絲卡求證。」他頓了一頓：「發現她說謊了。她其實是陣線的間諜。」

凱旋開始說明他找到的事實。然而，當提到潔絲卡是害死加爾雷的元兇，依洛的反應比想像中激烈。

「不可能！」他咆哮道：「追殺學者的人並不是陣線，是尼希諾蘭軍隊！」

一時間凱旋以為自己聽錯了。

依洛繼續說著：「在陣線出現在合巴五村之前，那些考古學生跟教授已經死掉，所以他們不可能是真正的兇手！而且，那天我同事拍攝到兩部可疑的軍裝車，後來我們查證過，尼希諾蘭軍隊有著同樣的型號——軍政府才是屠殺的元兇，他們想要把這件事嫁禍給陣線。」

提到尼希諾蘭軍，凱旋腦海驀地閃過戈丹的馬臉。**那個前軍人……一瞬間，那保鑣在離開前的怪異行徑似乎得到了解釋。那時，電視新聞有播放軍裝車的照片，他因此察覺到政府才是幕後黑手。**

但新的疑問浮上心頭，他問道：「但如果你說的沒錯，那為什麼陣線承認把加爾雷殺掉？而且潔絲卡告訴我，他們在追問她考古學家們的下落。」

依洛也說不出來，只表示希望能從偉文身上找到答案。

凱旋卻有更不祥的預感。**這可能代表有兩批人在追殺他們，而不是一批。**他決定趕緊回去辦公室，調查到底還遺留了什麼線索。**不能在這裡浪費時間了。**

他匆匆趕回絲航物流的新大樓，還沒坐下，就點開電腦上的「即時路況」。那是公司的專業程式，上頭列出了最近交通公告及意外的紀錄。每頁都有上百則條目不斷地更新著，看得他眼花撩亂。他把範圍縮小至帕玲繯高原地區，並只顯示與指節谷公路有關的內容。**可疑的公告、可疑的公告……**

交通意外、信號設施故障、拒繳款項、交通意外……當看到「道路暫時封閉」時，他屏聲息氣按進去，卻發現只是記錄著另一則交通意外。

他揉了揉眼睛，繼續瀏覽。**可疑的公告、可疑的公告……**

然而，無用的資訊似乎無休無止。就在他幾乎放棄時，其中一條公告驀地映入眼瞼：「鑑於北方局勢不穩，即日起（2/7）運輸安全局將加強公路及哨站的巡查。受影響的主要幹道包括：田鶇山隧道公路、茲彭門道（北）、指節谷邊境公路……」。

天殺的，就是這個。他深吸了一口氣，匆匆撥打電話，跟依洛報告這個發現。

依洛卻似乎在忙著什麼。他說道：「等等，我有另一個電話。我晚點回電給你。」

凱旋隱約聽到夾雜氣喘的啜泣聲。**潔絲卡就在那邊，他醒悟到，的確不應該在**

那個小妖精面前討論考古局的事。

過了一會，依洛終於回電了。

「抱歉，我剛剛跟陣線的人通過電話。」依洛語出驚人：「我之前想錯了，他們的確對諾斯德文物感興趣。他們的領袖告訴我，他想要把它們奪回尼希諾尼亞。」

媽的，果然是這樣。心中的懷疑終於得到證實，凱旋一時反應不過來。他腦筋勉強運轉：「所以考古局同時招惹了軍政府和陣線？」

「似乎是這樣，他們的處境比想像中更危險。你提到指節谷正在加強查哨，那表示政府發現了陣線的蹤跡，我們得先一步在路上通知他們。」

凱旋卻有另一個憂慮。**還有一個更大的危機……高峰會。**

他說道：「我們也得警告非考聯。他們既然敢去炸匯視大樓，我擔心高峰會也會是那群恐怖分子的目標。我希望你能寄個電郵，把這個發現告訴愛德華；我也會聯絡警方，希望他們加強場地的保安。」

「你說得沒錯。但偉文那一邊，我們也應該做點什麼。」

只能放棄他們了，凱旋痛苦地想道，**我有另一場戰爭要打。**

依洛⑿

右方的天際泛起一片洋紅色，導航地圖顯示自己正接近檢查站。不久，四個起伏有致的山巒映入依洛的眼前，**指節谷**，他放緩車速，正好看到前方出現一段紋風不動的車龍。仰望過去，他看到整個山谷地勢環抱，檢查站位處最北端的出口。**一旦偉文教授駛入山谷，陣線就能甕中捉鱉**，即使他們發現勢色不對，也恐怕回天乏術了。

依洛拉了拉衣襟。厚外套下是一件防彈背心，是他過去隨軍採訪時的基本配備。**比起上次匆匆趕赴合巴五村**，他希望這次有更足夠的準備，雖然他知道應該還要戴上頭盔，但那實在是太引人注目，於是依洛決定把它留在報社。

透過車窗，他看著前方已經設立路障，盤查所有進出的車輛。**不對**，依洛警覺，**他們是在封鎖馬路**。

車隊最前方是一輛貨車，它切入回頭路，向依洛的方向駛來。他降下車窗，向那個司機喊道：「發生什麼事？」

「封了啦！他媽的，那些貨明天就……」車子駛遠，晚風吹散了那人的咒罵。**這樣不妙，我得繞過去。**依洛看著荒野上嶙峋的碎岩，一咬牙，就把方向盤往旁邊一扭。幸好天色昏暗，採訪車前進的角度也有遮蔽物，哨站的人似乎沒有發現他悄悄駛離了馬路。他沿著山谷的邊緣前進，看能不能繞到另一邊去。然而，越往前駛，路面就越崎嶇不平……

突然，世界瞬間失去平衡，車子像陷進什麼似地傾向一側。

依洛趕緊剎車，然後下車察看到底發生了什麼事。**糟了，**左前方輪胎軟軟地塌陷著，**我沒有後備輪胎。**他深吸了一口氣，而周遭景物正以可見的速度昏暗起來，**還有起碼一半的路程，沒時間浪費了。**

他把相機掛在脖子上，大踏步向目的地進發。一路走過去，小至石縫、大至岩坑到處都是，即使他挑選看似最平坦的路線，許多地方仍需要他手腳並用攀越過去，**就是沒爆輪胎，車子也絕對過不去的。**他的小腿發疼，一些負面想法開始浮現：**我該怎麼回去……得賠一輛車給公司……會來不及警告偉文……**

然後，他聽到了聲音。

山谷上方似乎有些人在談話，但是距離太遠，那些句子既模糊又斷斷續續。他緊繃著一動也不動，凝神細聽，判斷對方就在山頭的另一側。**陣線就在那裡埋伏著**，這時，他身處的地方已很接近山谷的出口，附近覆滿堅韌的灌木，於是依洛放輕腳步，慢慢離開。**別搞砸了，現在只有我能拯救考古局**。

南面谷口並沒有設置路障，但他毫不懷疑陣線正在嚴密監察狀況，等待偉文他們步入陷阱。為免谷地的人發現自己，他在荒野間多走一段路，到了較安全的距離才回到馬路之上。那時他已是氣喘如牛，幾乎癱軟在地。

在越發濃厚的夜色中，柏油路逐漸發黑。**一定會出現的**，依洛緊盯著前方，呼吸逐漸平伏，但心跳的脈動卻又更強烈。他慢慢計算時間，六時三十二分、七時、七時十五分……

一定能通知到他們的。已經過了一個小時又二十多分鐘。

終於，遠方出現兩點亮光，依洛從形狀猜測那是一輛七人車。這時，他才發現一個嚴重的問題：**我怎麼知道哪一部車載著偉文教授他們？**

他咬一咬牙，決定截停經過的每一輛車。**那就多拯救幾個人吧！**

只見眼前兩點車頭燈逐漸變近。依洛在路邊大聲呼喊，揮動雙手，希望引起七人車的注意。然而路上沒有任何街燈，依洛不肯定司機能否看到他。

接著，車頭燈打在自己身上。透過擋風玻璃，他看到司機是個黑人，副駕駛座似乎堆放著高高的盒子。還沒有看清楚後座的情況，車子已經在依洛身旁呼嘯而過。

「喂！等等！」他慌忙地追著車子，大聲呼喊。然而，它毫無減速的跡象，並逐漸遠離他的視野。

偉文會坐在裡面嗎？依洛心臟狂亂地跳動著。**如果是的話，我的任務就已經失敗了。**

不，看起來不像。他深吸了一口氣，**但不容許再錯了。**他仔細思考接下來該怎樣把經過車攔下來。**如果我有車子，就可以把燈亮著，然後擋在路面的中央。**但現在只有他一個人，他會被輾過，或更糟，車子為了閃避他而出意外。

冷風開始侵蝕他的觸感，但他仍未想到解決辦法。**之前經過的那輛七人車並沒有調頭駛回來，**他回頭望了一眼深邃的谷口，感覺像潛入無止境的海峽，**它就這樣消失了。**

是被扣留了嗎？還是放行過去？他還沒想出答案，遠方馬路又再次劃過兩點燈光。依洛從剪影猜測那是一輛貨車。

「喂！停下來！」

這樣沒用，再過不到十五秒貨車就會駛過。心念一動，他跑到馬路中央，舉起胸前的單鏡反光相機，然後不停按著快門。馬路和兩旁雜亂的灌木叢反射了幾下白光，貨車傳來兩下喇叭聲，卻沒有減速的跡象。它的細節越來越清晰、巨大，猶疑間，依洛失去了滾到一邊的機會。他的手指定定地按著補光燈的按鈕。

然後，輪胎發出尖銳的鳴響，風壓把衣服貼在他身上。貨車停了下來。

「你瘋了嗎，在這裡拍照？」司機激動地大罵，窗口伸出一支步槍：「我差點就被你那該死的閃光搞出意外！天殺的瘋子！」

「我得引起你的注意！」他回吼道：「聽著，陣線的人就在前面伏擊。快一點回頭！」

「發生什麼事？」一道男聲從旁邊傳來。數人下了貨車，好奇地走了過來。依洛曾看過偉文教授的照片，認出了他的臉。謝天謝地，終於趕上了。

「趕快回去！你們想被這個人搶嗎？」司機的咆嘯轉移了目標。

「不，聽我說！」依洛舉起雙手：「你是偉文教授，對吧？我是駐布馬瑞卡的戰地記者，有一個已經被證實的消息：陣線的人會在前面伏擊你們，請你們先躲到比較安全的地方！」

「真的嗎？」「他們是怎麼知道的？」

「附近哪有什麼安全的地方？我們還是回去吧！」司機朝窗外吐了一口唾液，顯然採信了依洛的說詞。他衝著所有人吼道：「你們快一點回到車上！你，記者，也要跟著我們嗎？」

依洛思考了一下，認為那是合適的做法。有關文物失竊案，我還可以追問偉文一些事情。他點了點頭，準備攀上車子。

突然，在毫無預警的情況下，後方的遠處喧鬧起來，並響起連串槍炮的交火聲。

「你們先走！我去看一下！」依洛的好奇心又再次壓倒一切。他退一步，跳回馬路之上。

司機似乎咒罵了一聲，然後高速調頭駛離。

依洛腳下感受到輕微的震動，他望向陣線的伏擊地點，那裡隱約閃起陣陣火光，偶爾幾下突如其來的爆炸，像雷電在烏雲流竄，投影出岩壁的輪廓。他踏入路邊的小灌木，在它們的掩護下彎腰前進。乾硬的枝椏不斷勾住他的衣服，並劃傷他的手臂，依洛只好挑一些較空曠的地段，希望那群人忙著開戰，沒人留意到一個在零落樹叢中穿梭的記者。

他慢慢向最混亂的山谷處靠近。山巒的影子重疊而悠長，四周墨黑，較黃昏時更難辨識路徑，疏落的矮樹叢更逼使他蜿蜒地走避，找尋路徑接近聲音的源頭。終於，依洛到達指節谷的入口，看到谷內的情況。

子彈不停在兩個陣營中穿梭。兩幫人都對著毫無目標的方向掃射，彷彿敵人是黑夜本身。依洛被那個場景震懾住了。**怎麼會有人連對方的面貌都沒看清，就奪去他們的性命？**

「是政府軍！撤退！」「不！殺光他們！」

突然，一個照明彈在上空張開了小型降落傘，為方圓三百公尺的一切形體鍍上了一層光線。依洛看到雙方都有人倒在地上。

不到三十秒，上方的光源起初明滅不定，繼而熄滅，但剛才的情景仍殘留著，依洛甚至可指出那些失去生命的軀殼的位置。

依洛曾經採訪過戰火區域，在合巴五村近距離遭受轟炸，也在焚燬的孤兒院中存活下來。但這裡不一樣。不只是因為他沒有戴上頭盔，而是在這裡，死亡變成了一種愚蠢，沒有邏輯，沒有目的。兩幫人發出無比空洞的吼叫，不論是「他們在那裡！」「退後！」的聲音都滲著絕望和驚恐。這麼貼近戰場。這個是戰地記者的寶庫，只要拍到一張照片，鐵定拿到國際級的記者獎狀，再次證明自己的能力。

他勉力舉起相機、望向鏡頭。畫面昏暗，而且左右搖晃著。

怎麼了？依洛望著自己的手。它們正不可思議的抖動著。一隻手指定在按鈕上，但無論多用力都按不下去。

一張就好，一張就好。十分鐘前，他對著一輛迎面駛來的貨車瘋狂拍照，而這刻的情況明明更加安全，他卻畏縮不前。**拍了就跑，他們沒空管我的。**

熱風吹過，谷內一株灌木燃燒起來。

然後，不知為何，他開始朝著山谷外狂奔。沒有人發現他，甚至沒有一顆流彈飛到他附近，但他卻被莫名的恐懼感攫住，一心要想逃離那個地獄。接下來，除了自己嘶吼的喘氣聲，他幾乎什麼都聽不到。

什麼都聽不到，什麼都看不到，什麼都想不到。

回過神來，他正坐在一塊岩石之上，附近是廣大的荒地。他滿心沮喪，茫然瞪著地面，看著天空漸漸發白。不知為何，他突然想起了潔絲卡，感覺自己跟一個驚惶的女孩相差無幾。恐懼、不知所措……她是否經歷過同樣的狀況？

我得向報社報告這件事，他這樣想著，卻疲憊得像是無法動用身上任何一組肌肉組織。這樣不行，他提起精神，勉力打開手機，毫不意外地發現它並不在收訊範圍之內。

「我的決定是正確的——」他對著眼前一塊菱形的石片，為自己辯護道：「任何一絲動靜都可能引起他們的注意。」

但我逃跑了。自責像毒液般麻痺他的身體，而自己是一個膽小鬼的事實尤其使他震驚。他拾起那塊石片，往地面猛砸。直到手腕發麻，剛癒合的傷口又再裂開，他才用力把它往遠方甩去。

發洩完一輪，依洛心頭似乎輕鬆了些，他深吸口氣，挺直站著。望了一下手錶，八時十一分。天啊！半天時間就這樣消失了？他記得考古學高峰會即將舉行，不曉得昨晚的交火會否對它造成影響。不過，政府軍和陣線經常爆發衝突，非考聯不見得會特別關注這段新聞。除非我把它報導出來。

回想昨晚發生的情況，他越來越確信自己知道發生了什麼事。一個致命的巧合。不，他搖搖頭，不是巧合。那裡是最好的伏擊點，不論是對政府軍還是陣線來說都一樣……

他們的目標都是考古局的餘黨。結果，兩批人意外地遭遇了彼此。他們不得不交火，雙方死傷慘重。

如果——他突然想到一件事，身上所有汗毛都矗立起來。如果昨晚的事傳到他們耳中……

他發現自己每浪費一秒鐘，其他人都會更加危險。他判斷方位，邁步向布馬瑞卡的方向跑去，同時留意著手機的訊號。右方的旭日開始炙熱起來，彩光如針尖般穿透自己。

整個帷天報社，還有潔絲卡，都陷入險境了。

凱旋(12)

「……展望未來，非洲考古學聯盟將繼續與大家一起，積極精益求精，推動考古研究的發展。我相信，只要大家同心協力，一定可以讓埋藏的歷史重見天日！」

會場中，參加的教授們坐在弧形長桌的一側，正對著一個講台。愛德華主席說過開場白，在掌聲中回到自己的位置上，接著讓與會者逐一上台發言。聯合國教科文組織的賈維斯專員坐在他旁邊，不時禮貌地點點頭，眼神飄向四周。

他是最關鍵的人物，凱旋跟隨專員的視線觀察會場。在他和依洛的警告下，會場明顯多了很多保安人員，連警察也有派員待命。他盤算著接下來的行動，越來越感到不安。**我這是在作繭自縛啊！**

在台上發表論文時，學者們都刻意放慢自己的語調，選詞用字亦顯得謹慎，不時在句子中停頓，以強調自己的觀點。他聽到安哲羅談論他對貝努鳥的最新見解，那年輕人的聲音不大，但清晰地迴盪在會場之中。

他看著手錶，慢慢計算時間，而學者們平和沉穩的聲線不斷在耳際流逝。安哲羅、尼可季諾夫、賀迪……

終於，安妮上台了。凱旋提起精神，向一旁待命的小葉打了個眼色，他立時把馬瑞卡泥版搬到講台的旁邊，讓所有在場的人都能看到。

安妮的表情是他見過最嚴謹的一次。她開腔道：「1991年，南斯拉夫人民軍把杜布羅夫尼克古城炸得稀爛；2001年，塔利班在阿富汗對兩尊巴米揚大佛做了同樣的事；2015年，伊斯蘭國摧毀了摩蘇爾博物館和尼姆魯德古城的珍貴古蹟，以免人們犯上崇拜偶像的罪。現在，輪到了尼希諾尼亞的諾斯德文物。」

她指著馬瑞卡泥版，悲傷的說道：「我們的文物不斷因戰爭、政治、宗教的原因而消失，其受損害的不僅僅是某個古蹟或文化，更是全人類的文明進程。但是，這次不一樣。這次，我們能夠好好保護尼希諾蘭部族的歷史遺物。

諾斯德文物已經失蹤了好一段日子，但我們竟一無所覺，這反映了事件的嚴重性。幸運的是，在遭受破壞或者流入黑市之前，在座的這位喬凱旋先生，早一步發現了它們的行蹤，並交給了這裡的海關。非考聯暫時保存了這批文物，但需要各位的同意，才能申請永久收入館藏。我希望藉著大家齊眾一堂的機會，好好談一談這個問題。」

凱旋聽到坐在圓環的學者開始交頭接耳，發出零碎的交談聲。**他們也在意這批文物，一個好的徵兆**。

這時，一個叫雷文的教授開口了：「沒錯，我是聽說這裡的海關剛扣留了一批走私物。根據1970年《關於禁止和防止非法進出口文化財產和非法轉讓其所有權的方法的公約》第三條和第十三條，這批文物並未經過原主國主管當局的同意，加上是非法出口，我們得把它們退回尼希諾尼亞，並要求他們好好保管。」

「但根據這邊的海關法例，布馬瑞卡有權把它們充公。」安妮搖搖頭：「而且，1954年的《海牙公約》就已經列明，在戰爭期間，各武裝力量有義務對文化遺產予以保護，不得將其用於戰爭用途或加以破壞。但是尼希諾蘭軍政府及民族自決陣線非但沒有做到這一點，反而追殺國內的考古學家，摧毀他們的研究設施。如果把它們送回去，只會讓文物遭受不必要的危險。」

「我好像對這件東西有點印象……」這時，赫本尼克很刻意地皺起眉頭：「難道是上一屆會議的那些笑話嗎？那些尼希諾蘭人在哪裡？別告訴我大會還讓學術不端的人進入會場！」

一個與會者叫囂似的附和道：「沒錯，學術不端！學術不端！」

「赫本尼克博士——」安妮盯著他，全場安靜下來。她輕咳了一下：「即使他們犯了些錯，你口中的尼希諾蘭人依舊是考古學家，而那些人正受到尼希諾蘭政府以及陣線的迫害及屠殺。」

赫本尼克開口反駁，語調卻放軟下來：「妳指的是那幾次恐怖襲擊？我有看過報導，那只是陣線在肅清叛徒，跟考古一點關係都沒有。」

「情況遠比大家認知的更加複雜。」她望向凱旋，動身把講台的位置讓出來。「喬先生就是一個見證人，我想請他講述在尼希諾尼亞的親身經歷，希望大家能了解多一點。」

凱旋走過去，手心感到有點潮濕。他知道自己緊張的原因，不單只是要面對多名專家，更是背負著諾斯德文物的存亡。他望了一眼陳列在身邊的馬瑞卡泥版，感覺決心更加堅定。

「感謝安妮博士。首先，我得解釋為什麼會到尼希諾尼亞。諾斯德文物是我唸碩士時研究的主題，它們也許沒有考古局所吹噓的那麼神奇，但它們仍然是人類文明的遺產。然而，考古局失勢前後的那段時間，它們卻從人們的眼前消失了，所以我才會來到非洲，找尋著它們的下落。」

他望向專員：「我試著去詢問考古局的成員，卻一直找不到人——直到他們被屠殺的消息傳出。剛好，我的保鑣是尼希諾蘭軍的退役軍人，透過某些管道，他知道屠殺案背後的主謀竟是軍政府，考慮到再追查下去會為我帶來危險，他連夜把我送出那個國家。後來，我們不但找到加爾雷博士和他藏起來的文物，也發現陣線也在追殺考古局的成員，企圖搶奪諾斯德文物。」

「沒錯。」愛德華補充：「依洛，最近常在報導出現的那個記者英雄，親口告訴我們這件事。所以我們加強了場地的保安，為的就是防範恐怖分子的攻擊。」

太好了，來得及時。聽到主席支援他，凱旋欣慰地擦了擦汗。

雷文舉起手：「等一下，我有點搞混了。你是說陣線和軍政府正在合作把國內的考古學家除掉？如果他們的目標是文物，那為什麼不直接要求我們歸還？」

凱旋只有猜測，但他讓語氣非常篤定：「軍政府想要肅清利斯的黨羽，可能暫時未考慮到該怎樣處理文物，但陣線卻明確表示想要把它們拿到手。我們不能讓它們留在火線，然後在某天軍隊交戰時被轟得稀爛。安妮教授剛剛提到的公約，第九條列明在兩軍尚未達成協議之前，我們應該採取臨時性的保護措施，以避免不可彌補的損失。」

「然後，換我們冒上被恐怖襲擊的風險？」赫本尼克說道：「陣線是一群民族主義者，他們反對的是外國人和開放市場的現政府，而軍政府也只是在清剿政敵——假設你所說為真——兩者都沒有理由把自己的傳統文物毀掉，保護文物的責任也是屬於他們的。我們為什麼不把它們歸還？尤其牽涉那麼複雜的政治，甚至法律問題，我們沒有必要留著這批劣等工藝品！」

「你還記得馬里古城、廷巴克圖聖殿嗎？正是被民族主義的武裝分子破壞的。還有通布圖的圖書館？那群伊斯蘭教徒把伊斯蘭教的古籍燒掉，還賣出掠奪回來的文獻，來換取跟政府對抗的軍火。我毫不懷疑陣線會做同樣的事。」

「無稽之談！通布圖的人是不希望文獻落到外族手上才毀掉它們，而那正是你們打算要做的事。這是盜竊國家財產！」赫本尼克環顧會場：「我到目前為止，都不了解為什麼一個商人會在這裡出現，也不知道他在這件事的背後看出了什麼利益，但我們一定不能被他利用。」

凱旋沒想到赫本尼克竟會人身攻擊。他感到熱血上湧：「保護文明遺產還需要什麼理由？你這樣還能自稱是個考古學家嗎？」

「文明遺產？學者譁眾取寵是常有的事，但諾斯德文物事件是徹徹底底的詐騙！考古局不惜損害它們本身來修改歷史背景，就知道它們是一文不值的破爛。」赫本尼克用手指著馬瑞卡泥版，高聲叫道：「這種東西也配叫文物？在我看來，它只是一塊用泥土搓出來的披薩！」

席上一些教授發出笑聲，惡意迴盪在空虛的會議廳內。

泥土披薩？凱旋怒氣洶湧，如同烈酒在血液中流竄。在狂野的心跳聲中，他的手摸到口袋中的硬物。那是——

「不！」有人尖叫。他環視會場，教授們倉皇縮在桌椅後方，驚恐地望著自己。他低下頭，手中正拿著戈丹交給他的手槍。

沒有退路了。凱旋的手朝目標舉起，扣下扳機。

一聲巨響，全場充斥著懾人的寂靜。

他細細欣賞每個人震驚的表情，然後往馬瑞卡泥版望去。子彈本身只在古物上打出一個彈孔，但泥版掉落地面時的衝擊力完成了剩下的事情。那價值連城的古物已碎成兩截，地上灑落一片飛散的黃砂。

凱旋丟開手槍，然後在口袋中拿出另一顆子彈，暗銅色的表面浮現致命的光澤。

「一顆五十先令！」他讓自己的聲音在會堂中轟然迴盪：「如果讓文物留在尼希諾尼亞，它們就只有這個下場！一文不值的破爛？赫本尼克教授，你錯了，它們的處理費起碼有五十先令！」

安哲羅突然大喊道：「破壞館藏文物！」

赫本尼克終於回過神來。

「他拿槍威脅我們，沒錯，還破壞館藏文物！真是瘋狂——我們都看到了，專員您也看到了吧！」赫本尼克咆哮：「立刻抓住這個人！在他被起訴時我願意作證！」

「而你們任由成千上萬的文物遭到同樣的下場，那誰來起訴你們呢？」凱旋看到警衛正向著自己衝來：「而且你剛剛一直強調，它們並不是館藏文物。」

赫本尼克一時語結，然後漲紅了臉：「這根本沒有關係！它們正受到非考聯的保護！」

「那我是怎麼把它拿出來的呢？」凱旋被警衛壓在地上，他的手臂關節被扭得絞痛。他大聲喊道：「那泥版是我的私人收藏，可以任我處置！」

「真的嗎？」一把冷靜的聲音響起。

全場靜默，發聲者正是專員賈維斯。他頓了一頓，問道：「為什麼會有文物落到這個人手中？我還以為非考聯已經接管了它們。」

「我想我知道……」回答的卻是愛德華教授：「喬先生曾向考古局的加爾雷博士買下一些文物，而且事先告知我們，會在今天拿出來展示。專員您擔心的話，我們晚點可以到倉庫點算一下。」

赫本尼克說：「但是……！」

安妮插口道：「我同樣不滿喬先生對馬瑞卡泥版所做的事，你有這種反應是正常的——別這樣看我，安哲羅——有這種義憤，才是一個真正考古學家，是我們面對文明被破壞時的反應。正因如此，我們不能對諾斯德文物置之不理。」

「我想你說服我了。」安哲羅加入了：「大家！否定尼希諾尼亞考古學的人並不是米葛斯．利斯，也不是新政府，而是我們自己。我同意從尼希諾蘭政府手上保護它。」

一個人拍起手掌。

「沒錯，」賈維斯的聲音再次響起，開始絞拌著凝重的空氣。他環視聚多同儕：「為了警醒我們，喬先生的行動實在太過衝動了，我一點也不欣賞。但他和安妮博士說得對，歷史古蹟不應該因無聊的戰爭而受到破壞，我們得保障它們不會被內戰所波及。」

時間終於再次流動，「優先搶救文物」、「我們必須正式通知尼希諾蘭……」之聲不絕於耳。

警衛不確定地把凱旋帶下講台，準備前往警局。但凱旋並不認為自己會被起訴，或至少，不會被成功起訴。而且，現在幾乎無人留意到他的離開，以及臉上的微笑。除了安哲羅。他正悄悄地向凱旋打了個眼色。

有什麼比在一群考古學家面前摔破文物更能刺激他們的神經呢？

結局

潔絲卡再次驚醒。電子時鐘的螢幕閃動著，**這次睡了兩個多小時**。

原先那個是行針式的時鐘已經被換走，一到晚上，那「嚓、嚓、嚓」的聲音就會變成巨響。但電子鐘也沒有比較好。**頭好痛**，她感覺自己像悶燃著的餘燼，失去動力、又不能熄滅，只能等著虛耗而亡。

剛剛她夢到小泖，和另一個忘記名字的女孩。埃癸娜沒有出現，加爾雷叔叔也沒有。**她死了，他們都死了**。她獨自躲到「玩具室」，留下她們任人宰殺、燒焦。而她還幫助那些殺掉他們的人。**我真愚蠢、白痴、白痴、白痴**。

她試著回想那天發生的事，但記憶卻非常混亂。

當依洛墜落時，她不曉得是自己的哭號還是尖叫引來了陣線。然後人影匆匆，「救救他……」她喃喃說道，卻似乎無人在意，**直到**——

一些話語傳來，轉眼又被風吹散。

「……還有這裡！天啊！拿炸彈過來！」「……那個記者，他快沒氣了……」

「她怎麼辦？照樣處理嗎？」

「等一下——」那老人說話時，其他聲音都不見了：「這些就是證據。真是……污穢不堪，哼。我們把這處地方留下來，我倒想看看穆衫都要怎麼掩飾這件事。」

他打量了一下潔絲卡，然後走過來。潔絲卡本能性地後退，卻撞到後方石柱般站立的暴徒。

「妳害怕我們嗎？」老人開口，一股番紅花的香氣傳來：「我們只是在打掃這個國家而已，抑或妳比較喜歡這裡原來的樣子？」

——直到那個時刻。眼前數字跳轉著，她直勾勾的瞪著時鐘，只希望明天午飯後能夠小睡一會。

他知道我想要毀滅那個地方，潔絲卡後悔著。我不應該跟他說文物的事，不應該跟他說自己有多討厭叔叔。

難民營的時間過得比外面的世界還要慢，雖然她並非真正待在營區，而是環境較佳的員工宿舍。這個房間原本屬於一個叫瑪格麗的人，現在她已休假回鄉。潔絲卡聽說她一直怪罪依洛，認為他害自己被陣線俘虜，知道這件事後，潔絲卡對整個房間的印象打了折扣。

瘦個子積克帶她過來後，這幾天都留在難民營中，到不同營區進行採訪。他不但要求事務官約翰給她「特殊監護」，還不時過來關注她的情況，當她提到自己的睡眠問題時，就是他找人把時鐘撤換的。

我長大後也要當個記者。她還記得依洛那張勇敢、堅強的臉龐，**還有上面的笑容**，沖淡了當時毀滅、恐怖的周遭環境。她不時在腦海中喚起他的名字，希望從中找到勇氣。

就像是回應她的願望，依洛第二天就到了難民營。

然而，他整個人比起上次見面黯淡多了。潔絲卡看到他的鬍渣冒出，臉部神經緊繃，四肢動作卻鬆垮垮的。他跟約翰一起出現，讓她知道又有事情發生了。果不其然，簡單喧寒問暖過後，他們馬上進入正題。

「有一些選擇，得由妳來決定。」約翰開口道：「是關於往後的安排。嗯……妳喜歡這裡嗎？」

依洛插口道：「不如讓我告訴她詳細情況，剛好，我想要跟她聊聊天。」

約翰抓了抓矮短的銀髮，點頭道：「好吧！那麻煩你了，有決定再告訴我。不用太過倉促，應該讓她慢慢考慮一下。記住，難民營絕對有條件保護好她的。」

事務官再望了一眼潔絲卡，就離開了房間。

「所以我要離開這裡，」潔絲卡陳述道。**這裡從來都只是個臨時安置所，一個「難民營」**。她接著詢問要去哪裡，卻發現自己毫不關心那個答案。

「非考聯——」依洛觀察著房間的擺設，視線避開了潔絲卡：「他們有意把妳帶到南非的分部，那裡有妳父母的朋友，妳可以在那裡繼續生活。如果妳想要更遠的環境，那個喬凱旋，似乎也願意帶妳到中國唸書。」

南非、中國……甚至這個地方，沒有一個是她熟悉的。她試著想像未來的生活，然而只有一片空白。**一個不會做夢的地方就好。尤其是噩夢。**在依洛的語調中，潔絲卡聽出他似乎言不由衷，似乎在猶豫著什麼。

為什麼我不能留在馬布瑞卡，或者回去尼希諾尼亞？她想要詢問，口腔卻乾涸起來，內心驀然湧上一陣恐懼。**偉文他們……**她一直不敢去問——

突然，依洛的落魄憔悴有了解釋。**他沒能救到偉文他們。**

她眼中的世界浮動起來。淚水突破眼眶的承載極限，臉頰感到兩道歪斜的水痕。依洛有點手忙腳亂，然後問到底發生了什麼事。

「我又再害死他們，對吧？」

「什麼？誰？」依洛驚訝地回道，然後表情和緩了起來：「喔，妳誤會了。抱歉，我應該早點告訴你的。考古局沒事。那天我找到他們，而且看著他們遠離襲擊地點。我不知道他們現在躲藏的地方，但暫時應該還算安全。」

她的骨架癱軟下來，整個人跌坐到地板上。**他們沒事**。

「不過，現在事情變得有點複雜。當晚不只是陣線，連尼希諾蘭軍政府也出現在指節谷裡。原因是兩幫人都想要伏擊考古局，結果演變成一場遭遇戰，雙方傷亡慘重。」

聽到這個消息，潔絲卡更感輕鬆，**最好他們都死光光**。

依洛深吸口氣，繼續道：「但問題是，我們知道陣線的攔截計劃。即使當晚的事是一次意外，陣線的人有可能不會這麼想——如果他們認定是我們把計畫泄漏給軍政府，那妳留在這裡就會有危險了。他們一旦查出妳的所在，可能會派人來報復……」

潔絲卡腦海馬上映出阿堡那寬長的臉。在加爾雷死後，那臉孔每天都更符合恐怖分子的特徵。**那些人、想要殺我？**

「我會試著把真相報導出來，希望他們能聽進去。但保險為上，這裡雖說有軍隊鎮守，卻很接近陣線的勢力範圍，也有過被他們襲擊的經驗。我們討論過，都建議妳應該出國避避風頭。嗯……妳在別的地方有親人嗎？遠房的也可以。」

正是無依無靠，我才會被叔叔收養啊！她搖搖頭，然後反問道：「那麼你呢？你也會離開嗎？」

「我得留下來，這是我工作的一部分。」依洛在說的時候，感覺到有些無奈和悲傷：「別擔心我，布馬瑞卡政府正在幫助我們渡過難關，而妳也是一樣。非考聯同意帶妳到南非，在那裡妳會有個寄養家庭，會跟同樣年紀的人一起上學玩耍。」

無所謂了。「我選擇跟著你，」潔絲卡衝口而出。

依洛苦笑，然後伸手輕揉她的頭髮。「我會去看妳的。」

潔絲卡一陣失望，心底卻知道那已是她注定的未來。**南非也好，那就——**

「——你剛剛不是有提到中國？」她突然想起來。

「啊……對，還有中國。在非考聯討論到妳的事時，那個富二代凱旋提出來的，他認為妳離開非洲會更加安全。不過我擔心他只是心血來潮而已，恐怕沒有什麼完整的計畫。」

他的語氣略帶不屑，讓潔絲卡懷疑他們之間是否發生過什麼事。她努力喚起對那人的印象：「他手上有我父親掘出來的文物。」

「現在沒有了。聽說他在高峰會拿手槍把它轟成碎片。」

轟成碎片？潔絲卡震驚地問：「為什麼他要這樣做？」

「有些人說他是為了炫耀財富，有些人說他想引起其他考古學家的注意，我認為兩者都有。好端端的文物就這樣毀了，真是可惜。所以，我覺得沒有必要對他的提案那麼認真。」

然而，除了驚訝以外，潔絲卡內心似乎有什麼被觸動了。起初，她以為那是忿怒。**馬瑞卡泥版……**

她還記得爸爸把它們掘出來後的興奮表情。當第一塊出土時，他連續三天都在餐桌上談論這件事。只是，那個世界不復存在了。她父母被軍隊帶走、諾斯德文物不是拿去弄虛作假、就是被加爾雷暗中擄掠……

碎了也好。它什麼都不是了。這時，依洛似乎在說話。

如果我要重新生活，我就要由零開始。從喬凱旋的瘋狂行徑中，潔絲卡感受到一股衝動。**那正是我所需要的。**

「我要到中國，」她回答道。從依洛的表情來看，他顯是從未考慮過她會做這個選擇。接著他花一番唇舌，想要勸她回心轉意。

她倔強地打斷他：「我已經決定了。」他雖然一番苦心，但潔絲卡清楚那是她想要的道路。

依洛凝視著她半晌，最後妥協了：「好吧！我會聯絡凱旋，順道幫忙安排妳日後的生活。但如果妳改變主意了，一定要讓我知道。」

在離開前，依洛還問了一個問題，讓她有機會訴說心底的煩惱。

「我一直都沒有問妳為什麼要幫助陣線——」他的語氣不見絲毫譴責：「妳痛恨德肅孤兒院的人，對吧？」

「……不是所有人。如果我帶著小洳，還有埃癸娜一起躲起來，她們不會死。」

依洛輕聲問道：「那些是妳在孤兒院的朋友？」

她點點頭，眼淚不由自主地又湧了出來。

「那時候，能救得到自己就很不錯了……」依洛望進她的眼睛：「我跟你待在地下室的時候，沒有傳來求救的聲音，對吧？那時一樓已經被瓦礫埋住了，誰都救不了他們。不用因此而內疚，因為妳比自己想像的還要善良。」

再次見到依洛，是一星期後的事。那時他、其他記者和非考聯的人都已經在機場，跟自己的新監護人聊天。

對於凱旋，潔絲卡到現在還不怎麼了解，可能是她一直忙著辦理各種手續，只跟他見過三、四次面的原因。要到世界的另一頭生活，準備工作比想像中還要多。

「哈囉，潔絲卡——」不知道是否潔絲卡的錯覺，凱旋看她的神色似乎有些警戒：「妳準備好了吧？」

潔絲卡咬緊下唇，故意直視著前方，像沒聽到他的說話。

氣氛變得尷尬起來。凱旋咳了一下，轉頭依洛說道：「別擔心，我會照顧好她的。」

不，你才不會。潔絲卡不願開口答腔。那次她不知怎地，想也不想就告訴凱旋她叔叔把文物藏起來的事。**那時叔叔剛死，我滿腦子都是他的事。**現在她可沒那麼相信他了。**根本沒人值得依靠**。

話雖如此，臨近起飛的時間，當她和依洛擁抱時，這個想法還是動搖了一下。

候機室設在戶外，外頭就是光亮得發熱的停機坪，他們要乘坐的飛機就在眼前曝曬著。電扇不住的攪拌著熱風，鋅鐵鋪成的天花板試圖阻擋毒辣的陽光，卻反而把整個候機室變成蒸籠。她聽到國外旅客咒罵著天氣，然後再次把錢投到飲料販賣機中。旁邊的垃圾桶堆滿了空瓶子。

凱旋買了兩罐果汁，一罐是給她的。「他媽的有夠熱，妳還好嗎？」

果汁帶著人工調成的酸味。潔絲卡敷衍地點了點頭。

「聽說妳有失眠的問題？」

潔絲卡突然被嗆到。穩定下來後，她回答道：「這幾天好一點了。」

凱旋用紙巾擦乾他身上濺到的果汁，繼續道：「如果有需要，我當然會安排心理醫生，但我懷疑妳根本用不著。相信我，離開這個是非之地後，情況就會好很多。」

你怎麼知道？她噘嘴說道：「你看起來很高興。」

「我當然高興，因為我來這裡的目的已經達到了。」

目的？她想要開口詢問，這時卻傳來廣播：頭等機艙乘客請到登機位置等候……其他乘客請留在原位……

凱旋拿起行李：「我們出發吧！小姐？」

她突然想起自己不應該跟他說話。於是，在躺上椅子後，她抓起耳機點了幾首音樂，而凱旋則在旁邊默默的看報。過了十五分鐘，潔絲卡終於忍不住了。

「你來這裡的目的是什麼？」

「拯救諾斯德文物——」他盯著報紙。

胡說八道。「你把馬瑞卡泥版打碎了。」

「嗯。我認識一個古董修復師，看他能不能為它做點什麼。」他露出微笑：「要知道，它在市場上的面值已經上升不少了呢。不過嘛，其餘的文物才是重點。我一直想要跟妳聊聊它們，還有攸基利安的事。」

爸爸的事？這時，凱旋放下手上的帷天日報，潔絲卡赫然看到上面的頭條新聞。她倒抽一口氣，把它拿起來閱讀。

9月3日 星期五

希諾尼亞斷交：穩定遙遙無期

十一名學生被帶到當地處決。穆衫都政府聲稱屠殺是由反抗軍組織「民族自決陣線」所為，但有證據顯示，事件乃政府肅清異己的一次行動，目的是排除利斯在政府內部的餘黨。其餘遭受迫害的考古局成員，受到了布馬瑞卡的政治庇護，並在衝突擴大前先一步帶出數百件諾斯德文物，為聯合國教科文組織所讚揚。該局已將文物捐贈予世界各地的博物館及學術機構，其發言人洛薩斯．托．偉文表示：「我們希望將世界的文化遺產留給全人類，而非任由戰火將其破壞。」而面對尼希諾尼亞追討文物的聲明，他表示該政府「實際上對文物保育沒有絲毫興趣」，並譴責穆衫都迫害學者的行徑「較利斯執政時期更卑劣」。

麥山敦：冰封三尺，非一日之寒

國際事務專家麥山敦表示：「很難想像一枚炮彈就會引起這麼大的反應，很明顯布馬瑞卡以此為契機，試圖處理長久以來的積怨。但近期尼希諾尼亞的保守派勢力興起，我擔心他們會對過去的盟友報復。但相對來說，中國政府在這件事上的角色可能更加重要，它在兩個國家上都投放了不少資源，相信會一定程度介入局勢。」

帷天日報

A1 要聞

布馬瑞卡與尼非洲北部局勢

（帷天報訊）就在8月25日晚上，當尼希諾蘭政府在邊境與米葛斯．利斯的殘餘勢力交戰時，一枚炮彈落到布馬瑞卡境內。今天布馬瑞卡發出嚴正聲明，正式與尼希諾尼亞斷絕邦交，結束它自建國以來六十年的盟國關係。尼希諾蘭政府發言人表示，穆衫都對此「感到極端遺憾」，但拒絕做出更多回應。

布馬瑞卡政府內部的消息人士指稱，近年該國經濟和政治均受到尼希諾尼亞內戰的負面影響，嚴重打擊貿易的發展，而民間亦對越來越多難民的湧入感到不滿，他續稱，上星期一的事件成為了壓垮駱駝的最後一根稻草。

布馬瑞卡民眾對兩國關係變化顯得反應兩極。由於兩國的地理位置相鄰，許多人的親友都留在邊境線的另一端，他們擔心斷交會令家人難以團聚；而部分依賴兩國貿易的商人，生計更受到嚴重威脅。畜牧業代表之一的努明．卡沙納表示，「兩國人民都流著相同的血，吃同樣的肉，斷交是愚不可及的行為。」但同時，亦有群眾上街慶祝，歡迎政府對「製造麻煩者」一刀兩斷，希望能藉此帶領經濟復甦。

傳布馬瑞卡為政治犯提供庇護

有消息指，兩國關係惡化，亦可能與布馬瑞卡收容政治難民有關。早前尼希諾尼亞邊境一處村落遭受攻擊，三名考古學家和看到這裡，潔絲卡轉頭望向窗外。飛機已經越過港口，駛入一片墨藍色的汪洋，地面的景物正逐漸遠去。烈日下方，只有幾絲稀薄的浮雲，如同硝煙般懸掛在非洲的半空之中。

（全書完）

MEMO

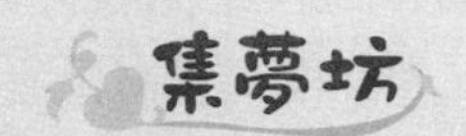

熱砂螺旋

出版者●集夢坊
作者●艾梟
印行者●華文聯合出版平台
出版總監●歐綾纖
副總編輯●陳雅貞
責任編輯●游德輝、蔡靜慈
美術設計●吳吉昌
排版●王鴻立
封面設計●卡美工作室Karmic Studio林嘉業

國家圖書館出版品預行編目資料

熱砂螺旋／艾梟 著
-- 新北市：集夢坊，民104.08
面； 公分
ISBN 978-986-91398-4-7（平裝）

857.7 104005775

台灣出版中心●新北市中和區中山路2段366巷10號10樓
電話●(02)2248-7896 傳真●(02)2248-7758
ISBN●978-986-91398-4-7
出版日期●2015年8月初版

郵撥帳號●50017206采舍國際有限公司（郵撥購買，請另付一成郵資）
全球華文國際市場總代理●采舍國際 www.silkbook.com
地址●新北市中和區中山路2段366巷10號3樓
電話●(02)8245-8786 傳真●(02)8245-8718

全系列書系永久陳列展示中心
新絲路書店●新北市中和區中山路2段366巷10號10樓 電話●(02)8245-9896
新絲路網路書店●www.silkbook.com
華文網網路書店●www.book4u.com.tw

本書係透過全球華文聯合出版平台（www.book4u.com.tw）印行，並委由采舍國際有限公司（www.silkbook.com）總經銷。採減碳印製流程並使用優質中性紙（Acid & Alkali Free）與環保油墨印刷，通過碳足跡認證。